U0081780

如果
If
我們都能
We Could
勇
Be
敢
Brave

申緣結 著

推薦序

青少年時期總是充斥各式各樣的煩惱。

現今的校園愛情小說早已不再只是單一訴說酸酸甜甜的青澀愛情。與朋友及家人之間的相處，對主角的影響同樣巨大。校園小說不再只侷限在校園裡，愛情小說也不再只有愛情，各式各樣的情感促使主角們在歷經無數衝突跟摩擦之後，與自己及所愛的人和解，進而成長。

《如果我們都能勇敢》就是這樣的一個故事，從女主角涵玟對摯友苦澀的單戀開始，到神祕轉學生的介入，戳破了涵玟長期以來的自我欺騙與鴕鳥心態，再藉由角色們的關聯性帶出後來一連串的事件，讓涵玟漸漸得以重新面對自己跟朋友家人的關係，也在最後獲得勇氣去幫助她所在乎的人。

其中涵玟與姊姊的衝突描寫雖然不多，卻是我個人特別喜歡的片段，中緣結清新細膩的筆風將涵玟內心的轉變詮釋得絲絲入扣，會讓人不自覺一直讀下去，甚至希望能再讀到更多的東西，因此看到最後一頁時還有點捨不得，卻又深深覺得結局停在這裡是最好的了。

《如果我們都能勇敢》是部好看的溫柔故事，很期待未來能再看到更多中緣結的作品。

暖淚系青春愛情天后　晨羽

1

「欸憨玟，跟妳說個好消息，我追到前陣子跟妳說的那個女生了。」——巫紹堯於下午10:48傳來訊息。

亮亮的，好刺眼。

整個客廳只剩下電腦的這一盞微光，我家人都已經睡了，而我呢？因為此刻密我的這個人，所以還在這打混。

但是他正在跟我說什麼？

我有些困難的嚥了口唾沫，看著視窗發呆——

大約過了十分鐘以後，我看著他從原本的亮燈到暗燈，這才點了點他的視窗，打了六個字，如果標點符號不算的話。

「哦，恭喜啊蠢豬。」看了半响後，我單擊送出，收拾桌上的東西，準備關機之後進浴室洗澡。

蠢豬，是我平常揶揄他的稱呼，他對此的回應是叫我憨玟。我的全名是吳涵玟，他對於自己替我取這個綽號老是洋洋得意，一再跟班上的同學不停炫耀，久而久之，憨玟也變成我真正的綽號，甩都甩不掉。

對於他剛剛跟我說的那件事，其實我的反應不該這麼冷淡的，或者說，不會這麼冷淡。但是因為這已經不是第一次了，所以我已經半免疫他說這種話的時候，習慣當一個傾聽者，一個讓他傾吐所有歡喜悲傷的人，不管知道那些事情是否會讓自己受傷，我通通照單全收。

巫紹堯，我每天一起上學放學的死黨好友。我們從高一開始座位就一前一後，他老是轉頭要我借他筆，藉著藉著，偶爾我們會一起吃午餐，藉著藉著，偶爾下課我們會一起去看漫畫，慢慢的慢慢的，就會像現在這樣聊天了。

轉眼，我們也已經高二下，熟到不得了。

甚至我還能夠告訴你，他喜歡怎樣身材的女孩子，喜歡女生裙子長度到哪裡，最喜歡哪間麵店，喜歡吃什麼菜，不喜歡吃什麼菜。對於這些瑣事，我可是知道得一清二楚，更不用說他有心事第一個想到我，喜怒哀樂都跟我分享，我幾乎可以說是把他通通都摸遍了。但他對我的事卻一直都很不在乎，與其說要他稍微注意一下我，倒不如把這份心思省了，然後我安然的過我的小日子。

我喜歡他嗎？是啊，我喜歡他，已經喜歡他好久好久。

甚至我第一次見到他不是在高一，而是在國小的時候，他卻一直印象在高一。

我們國小也在同一個校區，他是當時候的糾察隊隊長，管我放學的那條路，所以我每天放學都會見到他。當時的他曬得黑黑的，雖然跟我不同班所以我們沒有交集，但我還是默默的注意他，注意到了畢業。

當初進到新的國中，我還因為沒有他而哭了好幾天，沒想到高中我們就遇見了，而且還坐在彼此的前後座，又因為這樣興奮了好幾天。

我們這樣的互動讓我以為，我們是互相喜歡的。

他坐在一個位置，旁邊的人一定是我，如果我不在他甚至還會幫我保留，等著我來。手不自覺的靠在我的椅背上，他說那是他的習慣，如果旁邊不是我，感覺對誰這麼做都覺得奇怪。

走在大街上，他偶爾會牽著我的手過馬路，說怕我走失，攬著我的肩膀，因為擔心我被不長眼的路人撞到。

我不該放任他這麼做的對不對？從他第一次告訴我他有女朋友開始，我就應該要避開的對不對？但是為什麼每次下定決心要這麼做的時候，我總是做不到——

他在我回覆他不到幾秒鐘的時間又上線了，而且我的視窗立刻就被已讀。

不該回完訊息以後還在那回憶的，被抓到了。

「妳裝睡！」——巫紹堯於11:01傳來訊息。

「誰裝，我就是去洗個澡所以沒回。」我撒了謊，這勉強可以歸類在善意的謊言。

「想看她的照片嗎？」

我淡淡的看著，「哈哈，等你確定要跟她交往很久很久我在看。」

「可惡，妳在取笑我？我這次一定會交往很久給妳看的。」

眼神一冷，「不是給我看的。」後來又覺得這句話太過明顯，明白顯示出我在生氣，所以我按了倒退鍵改成，「沒差啦，你喜歡就好了啊，哈哈！」

他的點點在視窗上飄了很久，表示他也在打字，最後才送出，「妳的哈哈很勉強喔。」

看他這麼說，我抿了抿唇，「誰說的？我只是想要睡覺了，有點累。」

「那晚安。」他說。

「好，晚安。」

我匆匆下線，就好像逃難一樣，害怕被看穿。

不一會兒我的手機嗡嗡的傳來兩聲，我嚥嚥口水點開，巫紹堯傳了離線訊息給我說：「妳怪怪的，如果有什麼話要跟我說，我一直都在。」

看完他說的這些，我的臉皺了起來，用力的將頭給埋進棉被裡。

「妳洗澡了嗎？沒洗澡別這樣泡在棉被裡好不好？」吳涵荽轉頭看了看我，戴著厚重的眼鏡看起來眼睛很腫，「這樣很髒。」

我悶悶的看了她一眼，不滿的彈起身，拽起一旁的衣服就重踏步進廁所。

將衣服放上架子，我不滿的打開水龍頭往臉上拍冷水。

姊姊的脾氣時好時壞，但好的時候頂多就是裝作沒看見我，壞的時候，就會瘋狂找我碴。我也不是沒試過要主動跟她打好關係，但每次我說的任何苦惱對她來說都不重要，她只在乎她的課業，甚至還覺得我有那心思煩惱那些有的沒有的，倒不如出去幫爸媽賺錢，還不用浪費學費。

爸媽在外工作，幾乎一兩個月才會回家一次，有時候是媽媽回來，有時候是爸爸，就是為了要知道我們是不是還好好活在這個世界上而已，我的理解是這樣。我姊照理說應該要照顧我，但其實她根本懶得管我，每天當她的學霸就已經夠多事情要忙了。

所以我在她眼裡就是個浪費錢的人，因為我功課普通，通通都是低分飄過，從來沒有在排行榜上沾過邊。

憤怒的洗完澡以後，忽覺全世界似乎都要跟我作對，讓我非常不開心。悶頭蓋著棉被，我能感受到姊姊又往我這瞟了一眼，那不屑的感覺讓我的心情更悶了。

2

早上第二節下課，巫紹堯坐得像個大王似的霸在中間位置，旁邊一樣是空的，我還在寫作業所以沒跟他們那群人混在一起。紹堯的功課很好，每次都佔據班上的第一名，所以他的朋友也多，而我在他朋友眼裡就是他的跟班，不是他跟著我，而是我跟著他、賴著他不放的。

「憨玟！」巫紹堯坐在那個大王的位置上朝我揮揮手，「過來啦，別寫了，寫得那麼累要幹嘛，中午午休在寫就好了。」

我瞪了他一眼，「你自己寫完還叫我中午在寫。」我的語氣不太好，因為昨天失眠了。

「哈哈~我怕妳累欸，什麼態度妳。」他笑了起來，周圍的人也跟著笑了，我則是繼續埋頭苦幹，一點也不想理他，直到他自己過來坐回他的位置為止。

他反坐在自己的椅子，頭靠在我的桌上看著我，眼睛一眨一眨的，沒說話，就盯著我看。

「巫紹堯，太閒？」我又多寫了幾個字，他越看我寫得越不好，筆尖重重的點了簿子一下，我不滿的看他。

「我在陪妳寫作業啊。」他莞爾，「突然發現，我越來越喜歡看妳生氣的樣子了。」

他總是這樣，喜歡突然來一句甜蜜的話，然後我就暈船了。所有情緒瞬間在我心底消失，我彷若未聞，沒答腔任何話，繼續埋頭在我的簿子裡寫作業。

這樣空白的心情好多了，我可以不用管他是不是還坐在那，專心寫我的東西。

我不知道是從什麼時候開始的，還是說，從他交往第幾任女友開始，我的心關了起來，把他對我所有的曖昧都關在門外，似乎已經養成一種習慣。

上課的鐘聲響起，早上的第一節是國文課，結果走進教室的卻不是國文老師，而是班導師。全班都很訝異，但訝異的除了導師的出現，還有她背後的轉學生。

那是個頗陽光，和巫紹堯幾乎有一樣氣質的男孩。他站在導師身後，一點也不害羞的掃視整個教室裡的人，我甚至覺得他那樣的目光像是在狩獵目標，最後他將目光放在我身上，我嚇了一跳，很快的垂下頭。

全班安靜的等著導師「開示」，就算如此，導師還是習慣性的重拍了兩下桌子以表示她要開始說了。

「各位同學，這位是剛從日本轉學回來的僑生，木下日煬，雖然他剛從日本回來，但是中文很好，你們可以自由與他交談。木下同學，自我介紹一下吧。」

他很快的往前站一步，露齒笑，「你們好，我是木下日煬，你們可以叫我阿煬，也可以叫我日光。十七歲，一七九．八公分算整數一八〇，天秤座，O型，生日是九月三十。請大家多多指教！」

留著一顆看起來很日系的頭，而且還有稍微抓過，澎澎的，深深的雙眼皮跟挺立的鼻子讓他看起來五官深邃，恬靜的薄唇抿著微笑，看起來很親人，但不曉得為什麼，我總覺得和他眼底的幽暗有很強烈的對比。

「good！很好，你們有什麼問題？」導師滿意的點點頭，點了坐在第一排的女生，那女生毫不客氣的站起來問：「阿熴，你有沒有女朋友？」

全班哄堂大笑，笑她想男朋友想瘋了，但只有他沒有笑，非常誠懇的說：「很抱歉，我有女朋友了。」說完還鞠躬，認真的態度讓我傻眼。

這句話才剛說完，全班一片唉聲嘆氣，當然全部都是女生在嘆氣，男生都在笑。

導師說完話就隨便指了個位置要他入座，但是班上座位所剩無幾，他只能坐在角落，和我距離三排，有點遙遠。坐在他前面的女生樂歪了，他還沒將書包放好坐下就迫不及待的要跟他說話，他也非常和善的抱以微笑，說了句「妳好」。

好有禮貌的一個人。

「怎麼樣，是妳的菜嗎？」

當我一收回看木下日熴的視線，就發現巫紹堯目光灼灼的看著我，彷彿想要在我身上看出個洞，但表情是笑的，看好戲的笑。

「真可惜啊，人家有女朋友了。」他隨後又補了句。我愣了會兒，冷著張臉回，「無聊。」

「妳還沒回答我，是妳的菜嗎？」他笑問，臉還捨不得轉過去，國文老師都來了。

「不算是，但如果你硬要說的話，那就是吧。」

聽到我這麼說，他沉默的望著我數秒，接著轉回頭開始上課。

我必需要說，剛剛我是故意的，因為我不想巫紹堯在繼續問下去，於是給了他那樣的答案。

使勁的在簿子上用原子筆畫出圈圈，越畫越多，越多越雜，不爽的用力一戳，我讓筆安詳的躺在本子上，動也不動。撐著頭面向剛剛才來的轉學生，發現他也正看著我的方向，然後給我一個微笑，若無其事的收回視線。

中午的時候我終於看到巫紹堯昨天跟我說的「新女友」，看起來肉肉的，眼睛大大的，不怎麼樣。就是說話的聲音聽起來很溫柔，總是掛著微笑，平易近人，才第一次來我們班就跟巫紹堯身邊的人打成一片，只有我自己坐在位置上靜靜的吃飯。

「唉呦，阿堯交女朋友，小跟班又吃醋啦？」胡詩云坐在巫紹堯的前面，看著後面的我說，我們中間隔了一個巫紹堯，和他新女友顏欣恬。

「詩云，妳不要亂講，憨玟會生氣的。」跟巫紹堯最好的好朋友羅智皓笑嘻嘻的說，我還是沒怎麼說話的看著我的便當。

「你們別鬧了，憨玟只是在想她爸前幾天幫她報名的數理補習班該怎麼退掉。」巫紹堯一如既往的替我反駁，單手靠著我的書桌轉頭朝我說。

我抬頭看他，他送我一個微笑，眨了眨眼睛。

視線不知不覺落在那個叫顏欣恬的女生背後，巫紹堯沒有把手放在她椅背，那表示，這個人也不是他真心喜歡的人吧？

我這樣想著，然後狡猾的在心底微笑。

「嗯，真的很糟，我爸幫我報的那個補習班聽說很嚴格，我一點也不想去那上課，所以心情很差。」我平靜的看著始作俑者胡詩云，她聳聳肩沒有回應，低頭專心吃便當。

「怎麼能夠每一兩個月才回來一次，還有辦法每年都隔空替妳還有妳姊報名補習班齁？父愛跟母愛真是偉大。」巫紹堯笑著說，「如果沒辦法退掉在跟我說哪一間，我陪你一起進去受罪。」

當他這麼說的時候，我很明顯感覺到顏欣恬微微偏頭想看看我是誰，我目光複雜的朝巫紹堯微笑，想趁她們難得住嘴的時候趕快吃我的便當，免得他們待會兒又抓到什麼話柄，我這個中午又要餓肚子了。

挖了兩口白米飯送進嘴裡，剛剛巫紹堯說要陪我一起受罪的話又重新繞回我心底，還有剛剛他的手沒有放在顏欣恬的椅背上，心底明顯有股愉悅飄升。噙著微笑看著他們坐在一起的背影，發現顏欣恬正朝著周圍的另外兩個人發衛生紙，最後轉頭微笑的看著我，手裡也抓著一張。

「這張衛生紙給妳，等一下吃飽了可以擦嘴巴。」

善意的微笑，飽含著我不知道的目的，在往後一看就發現，胡詩云跟羅智皓也正看著我們，周圍，聽到顏欣恬說這些話的人也都將目光集中在我們身上。

我接過衛生紙，面無表情的將筷子插進飯裡。

剛剛的愉悅消失了，膨脹的厭惡感瀰漫我的胸口。

深吸了口氣，正想快速的在挖一口飯菜塞進嘴裡，突然一陣頭暈讓我嚇了一跳，胃絞縮，心臟在這時候非常配合的用力震了我一下，我整個人軟軟的因為跳動往前傾，非常不舒服的感覺，視線有點花花的，還有點噁心反胃——

「妳怎麼了？」顏欣恬還沒轉回去就發現我臉上的異樣。

「沒……嘔！」我很快的用手遮住嘴巴，想要阻止即將衝出來的東西。

「憨玟，怎麼了？」巫紹堯也跟著轉過來看我，不舒服的感覺越來越強烈。

瞬間我的身邊瀰漫了好幾句「怎麼了」「還好嗎」等等的話語。腦子亂哄哄的快要炸開，那東西又已經滿到喉嚨了，我真的快撐不住——

「同學，妳還好嗎？」

有道發音不是很標準，但聽起來暖暖的嗓音很快地來到我身邊，接著我就感覺到肩膀被單手搭著，他的臉放大出現在我面前，我嚇到，不自覺的就鬆了對嘴巴的警戒，最後，我還是非常不情願的，吐了——

3

當我半暈半醒躺在保健室裡的時候，巫紹堯跟羅智皓都還在笑，胡詩云跟顏欣恬也站在一邊，美其名是照顧我，但其實也只是跟著翹課而已。

「吐在轉學生身上，妳真夠屌的！」羅智皓誇張的笑到上氣不接下氣，「人家才剛來上課，妳有必要嗎？哈哈哈～」

「妳還好嗎？護士阿姨說妳都沒好好吃東西，剛剛的午餐又吃太快所以才會吐。」巫紹堯笑看著我說，但眼底仍細細的寫著關心。

顏欣恬看著他的表情不語，接著將視線轉到我身上，等著我的回答。

「我有吃，只是這幾天天氣太熱，我吃不下。」我昏昏欲睡的盯著天花板，皺著眉頭想著該怎麼讓他們離開，否則好吵。

「那等一下下課，我帶妳去吃冰。」巫紹堯溫和的說。

「阿堯……」胡詩云納納的喚他的名字，他轉頭給她一個微笑，也給了顏欣恬一個微笑，解釋，「怎麼了嗎？我兄弟生病了，當然要好好照顧。」

「就是啊，恬恬別想太多，阿堯不喜歡憨玟這種男人婆的。妳剛跟阿堯交往不知道，但是憨玟跟阿堯兩個人不來電啦，如果來電的話早就在一起了，怎麼還會等到現在？對吧，阿堯。」羅智皓幫腔的撞了撞巫紹堯的肩膀，而後者只笑而不答。

「嗨，我可以叫妳玟玟嗎？還是妳希望我跟大家一樣叫妳憨玟呢？」顏欣恬靠向我的床邊，帶點靦腆的問。

「都、可以。」忽然被這麼問有點不知所措。

「恬恬，妳也叫她憨玟吧，這樣比較親切。」羅智皓率先答腔。

「真的可以嗎？」她莞爾，「那我以後就也跟著大家一起叫妳憨玟囉。」

「嗯。」我閉上眼點點頭，想撐個微笑給她，卻無奈力不從心。我的表情看起來應該比較像又快吐了，而不是在笑。

「那太好了。時間也不早了，我先回教室囉。」顏欣恬抬手看了看手錶，柔柔一笑後便轉身離開。眼見巫紹堯還坐在位置上不起來送她，胡詩云動腳踢了踢他的椅子，巫紹堯這才站起來送顏欣恬回教室。

沒有巫紹堯的保健室，也許胡詩云他們都覺得待在這裡怪怪的，於是他們兩個也隨便找了個理由推託，手牽著手離開。

室內終於恢復寂靜了，壓在胃上的緊縮也不自覺的放鬆了些。

這樣的老毛病，幾乎只要見到巫紹堯的任何一任女友都會發作，而且到今天我才知道，越來越嚴重了。

不知名的愧疚壓在我心上，閉上眼睛都能感受到那一雙雙凝視著我的銳利，正在暗處伺機而動，準備要將我生吞活剝。

保健室的門被敲了敲，指關節的碰撞像在心底打大鼓，讓我不耐煩。

「妳好嗎？」木下日熴朝我的方向走來，身上已經換了一件乾淨的衣服，「還好我還保留在日本的習慣，身上都會多帶一套運動服。」穿著乾淨運動服的他看起來有點不同，連頭髮也洗過了。

「對不起。」我誠心的朝他道歉，胃又開始隱隱的不舒服起來。

「沒關係，我根本不在意。」

說完這句話以後他坐在我身邊的椅子上，就是剛剛巫紹堯坐的那張，之後便不再說話，拿著一個不曉得從哪出現的溜溜球在手上把玩。我覺得壓力比一座山還大，很想叫他離開。

幾分鐘後我終於忍不住，「你不需要去上課嗎？」

「不需要，因為我跟老師說我要照顧妳。」

「那等一下下課，我帶妳去吃冰。」

巫紹堯手掌的溫暖觸感，似乎還殘留在我的手臂上，灼痛了我。

「我也不需要。」想起那溫柔的瞬間，我不知道哪來的怒氣，「不需要任何人對我好，不需要人照顧！」

他望著我，對我忽然暴怒的行為並沒有多加情緒反應，只是很冷靜的說：「看來妳需要好好休息。」說完他還是不打算離開，坐在自己的位置上做他的事。

因為剛剛的失態，我想喊他要他離開也做不到。

我的心靜默了下來，窗外的鳥鳴在耳旁漸漸清晰，我閉上眼睛靜心的聆聽，想像自己正置身在一片汪洋，紓解自己的壓力。

「哦，轉學生也在啊？」巫紹堯的聲音又從門口的方向傳來，帶著笑，「什麼嘛，那我就不打擾囉。」

他的聲音幾乎在第一秒就吸引了我全部的注意，只是全被我壓在心底。表面上的我仍然閉著雙眼，只有微微抽動的眼尾出賣了我，但不要緊，不會被發現的。

「不了，如果你能來照顧她的話那是最好不過了。」木下日煐如是說著，我感覺到他輕輕滑開椅子，準備留住巫紹堯的腳步。那舉動嚇到我，慌張睜開眼的瞬間和他對個正著。

他僅是站著，眼神閃過一抹不知名的笑，「嚇到了？」

我注意到門口的方向早已沒了別人，他要我？

心底凌亂的騷動，我看著他的目光瞬間黯淡了許多，斂下眼角，一語不發的看著自己的手指糾纏，動手開始剝下甲緣上的死皮。

「嘶——」痛的一縮，皺眉，剛剛不小心撕到真皮的地方也在下一秒流出鮮紅的淚珠。

淚珠，就好像手指頭在哭一樣，鮮紅色的淚珠。

當我動手要繼續撕下一塊時，一隻潔白的手臂阻止了我的動作，我淡淡的抬頭看他，他也一臉淡漠的望著我。

「醒醒吧，雖然我不知道妳發生什麼事。」

殘破的指甲邊緣不規則的凹凸，他從一旁的手推車上拿了幾瓶消毒藥水以及紗布膠帶，輕抬起我的手開始消毒包紮。

「妳什麼時候開始會這樣的？」輕柔的從第一根食指開始，當優碘滴上我的食指時，還是痛到我想縮，但他牢牢的握緊。我滿不在乎的答，「不知道。」

「最近有什麼煩惱的事情嗎？」他再度抓起我的中指跟無名指開始上藥。

「……沒有。」

「好好想想。」

當他把我的左手包紮好，我還是沒回答他，他舉起我的右手開始包紮，也沒再開口問我問題，四周的氣氛安靜，卻意外的不怎麼尷尬。

傻傻看了幾秒後，腦中自動重複他的問題，我從什麼時候開始這樣的？好像，也沒有特別在哪時候意識到這件事，但它就是發生了。每當我覺得心裡很亂的時候，再度回神就會看到自己滿是血汙的雙手。

「幫妳弄好了，別再剝了。」他的眼神漾滿溫柔，說完以後起身往門外走，邊走邊玩他自己的溜溜球。

我看著那顆溜溜球遲遲回不了神，直到他消失在這間保健室為止。

下節課結束，巫紹堯拿著我的書包要來接我下課，和我並肩前往學校外面的便利商店，真如他所說的要買冰一起吃。我沒看見他女友一起跟來，一想到這，不由得收緊了握著書包的手。

「嗯？妳終於擦藥了，是護士阿姨幫妳的嗎？」巫紹堯看了看我的手指，伸手掀開冰櫃。

我盯著自己指頭上的膠布，「嗯。」

「那個阿姨人真好啊，還是只對女生這樣？上次我的手指因為打球劃傷，她連看都不看我一眼，還叫我自己拿推車上的藥去擦，一點人情味也沒有。」他抓起兩支冰棒，遞給我一支，「拿去，妳喜歡這個口味的吧？」

我微微一笑，點頭。接過他遞給我的冰棒默默看著。

「妳的話真是一年比一年少，我很懷念以前那個開朗的妳呢。」他走過我身邊，臉上的表情漫不經心，但說出來的話卻重重的敲擊著我。

我看著他的背影不發一語的跟著，看見站在櫃台的他遙指著我，意思就是要兩支冰棒一起結帳。

我們兩個一起坐在商店外面的露天座椅上吃冰，路邊經過一個穿著螢光小內褲，裡頭還包著尿布的小男孩，他看了許久，忍不住笑出來。

「他爸媽還真有創意欸，居然敢讓自己小孩穿那樣。我大堂姊已經二十八了，最近結婚生了一個小孩，她連我媽送給她小孩的衣服都要看標籤有沒有螢光劑勒。」

「是喔。」我咬著冰棒，漫不經心的回。

「不止呢，我也只是想說買個面具、襪子什麼的要給我姪子玩，她多誇張？說要拿那些東西去化驗，我聽完差點沒有昏倒。那以後吃的東西是不是都要經過實驗室，用燒瓶跟顯微鏡徹底檢查一下才能吃？」

我噴笑，「太誇張了吧，有這麼怕嗎？」

「是不是，很誇張吧？」他看我笑也跟著笑了，「妳終於笑啦，那我說這些話也值得了。明天我女朋友約我去逛夜市，妳要去嗎？」

我一愣，「約我去幹嘛，又要我當電燈泡喔。」

「當然不是啊，妳怎麼會是電燈泡？」他笑笑勾著我的肩膀，我渾身一頓。「她知道我們是好朋友，不會這麼想的。」

遠遠的就看見木下日焜和一個長相秀麗的長髮女孩走在一起，經過這間便利商店前還有說有笑的，但在發現我跟巫紹堯以後斂去了笑容，女孩走著走著，也發現他的異樣，跟著他往我們的方向看了過來。

短短不到幾秒的時間，我退縮了，率先垂下視線，裝作一切都沒有發生。

這是學校附近，有我們學校的學生也很正常，我們以往也是因為這樣，害巫紹堯和他的歷任女友都鬧得不可開交。有些女孩子沒這麼善罷甘休，經常在課後又想要找我麻煩，最後都被巫紹堯給擋了下來。

胡詩云對我這種不表明的態度很不高興，一直要逼我表態，但是我懦弱又膽小，實在沒有勇氣告訴巫紹堯，我已經喜歡他很久的事實，所以一直堅持我跟阿堯之間只有友情，私心想要保留我們之間的所有。

於是當眾說出「我們只是好朋友」這些話的心虛，總是在結束一天後排山倒海的向我襲來。

面對他女友們還有其他同學銳利的目光，我也總是招架不了。

不想扯壞我們之間看似堅強的關係，那在我心裡有如薄薄的一張紙，一戳即破，一直以來，我都小心翼翼的呵護，又怎麼敢冒這個險——

「那個是我們班的轉學生吧？」他吸著冰棒問，「他旁邊那是誰啊，好正喔！該不會是他今天早上說的女朋友吧？」

「應該是吧？」

「憨玟，他真的是妳的菜的話，那妳會很辛苦欸。」他一臉哀怨的看著我。

「你別吵啦！」我伸手掰過他的臉，要他面向前面別看我，他也很乖的照做了，只是又伸出他自己的手貼著我的，直到吸下最後一口糖水才放開。

看著他無所謂的側臉，我不禁想：是曖昧吧，我們之間。

很多明擺著、應該被戳破的泡泡，硬是被放到腐敗，僅僅是因為，我的一己之私，他不帶二意的友情。

之後他一直沉默不說話，獨自站起來往前面走去，我習慣的跟著，我們各自回家。

巫紹堯，我喜歡你，但我不敢說破我們之間的關係，因為害怕說破後，我們連稱朋友都不配。

4

隔天早自修的時間老師還沒來，班上的人很自然的自由活動。木下日焜身邊圍了些人，他悠閒的吃著早餐，巫紹堯和胡詩云他們也興高彩烈的吃著早餐，我桌上則只有一杯奶茶。

我安靜的看著昨天從姊姊那偷拿的「祕密」這本書，桌上忽然被放了一份火腿蛋吐司。

「給妳。」木下日焜笑著說。

他這舉動，引來了班上幾乎所有人的注意，其中也包括了巫紹堯。

巫紹堯目不轉睛的看著他，胡詩云和羅智皓也是。

「呃，不用了。」我尷尬的看著全班安靜的視線，推了推那份火腿蛋。

「我沒看見妳吃早餐，妳不會只有喝這個吧？」他指了指我桌上的奶茶。

「對啊，因為我吃不下。」扯了扯嘴角，我不想在這個話題上太過著墨。

「那怎麼辦，我也吃不下了。」他有些為難的說，我順著他的視線看向他的桌子，不禁因為他桌上堆滿各式各樣的早餐看傻了眼。

「那都是你的？」

他點點頭，「不過這份火腿蛋吐司是我自己買的，我想我應該沒機會吃它了。」

聽到這我就不小心笑了。我的笑點很奇怪，巫紹堯曾經這麼說過。

「那我把它當中餐吧，謝謝你。」

他露出一個放心的表情，大概很怕我拒絕以後他真的沒辦法消化那些早餐吧。臉上掛著微笑想專心看書，卻對上巫紹堯戲謔的眼神。

「不要暗爽喔。」他說。

「我沒有。」斂下嘴角，我專心的將注意力通通放在書上。

他沒在多說什麼，過十分鐘後老師來了，我們開始上課，卻一直到中午都沒再見過巫紹堯轉頭找我搭話。

他不找我說話，按理說我應該要因此感到輕鬆的，但我敏感的只注意到我們之間是不是有了什麼誤會？

短短的幾個小時內，我開始回想，回想剛剛我們是不是有什麼互動惹到他？視線凝在他的背影，時間的流速也因為我的胡思亂想漸漸緩慢起來。

盯著黑板上的時鐘，我的不安漫上大腦。

是因為我剛剛的回應太冷漠了嗎？不然他平常都會用盡各種藉口轉頭囉嗦，為什麼今天沒有？我應該要問他嗎，還是等看看中午他會不會主動轉頭跟我說話？

應該要問吧？還是別問好了，否則他會不會覺得我很奇怪？

我現在的表情肯定很奇怪，還是別問好了。

不行，還是隨便找個理由叫他好了，如果他問我幹嘛，我就說沒事就好了，這不是什麼太困難的事——

十二點的鐘聲一敲，我嚇得縮回差點點上巫紹堯肩膀的筆，導師拍了拍手掌要大家注意她。

我緊緊的盯著她，因為剛剛的焦慮，下意識想咬指甲卻意外咬到膠布，這才回憶起昨天我手指已經被那個轉學生包起來的事實。

「蘇逸玲同學從今天開始要請假幾個月在家休養，詳細情況不方便說明，跟蘇逸玲一起打掃的同學是誰？」

蘇逸玲？

班上同學的視線又再度聚焦在我身上，我這才慢半拍的舉起手。

「是妳嗎吳涵玟？那從今天開始就由轉學生代替蘇逸玲的位置，妳和木下同學一起負責打掃操場旁邊的第三掃區。」

「……好。」

老師說完以後就宣布下課，接著我的桌子搭上一隻熟悉的手。

「難怪昨天蘇逸玲沒來。」巫紹堯轉頭看了我一眼，奉送一個微笑，「還好妳昨天不舒服躺在保健室，要不然就有妳受了。」

因為他主動的閒聊我心臟不由自主的加快，勉強的擠出一絲微笑，「那我還要感謝我昨天吐了。」

想太多了。原來剛剛的一切都是我想太多了。還好是我想太多了。

「可以這麼說喔。」他笑了笑，伸手拍拍我的頭，「但別再有第二次了，好嗎？」

「好。」心底暖暖的，但又因為那層溫暖感到羞愧。

那既矛盾又掙扎的心情就好像砝碼，定定的掛在嘴角兩邊，讓我連微笑都撐不高。

我應該要放任巫紹堯不理我的，我下次一定要忍住別去想，也別這麼容易就原諒他，他剛剛明明就冷落了我……

顏欣恬來到我們班，自然的坐在巫紹堯身邊，在我腦袋還空白一片，愣愣看著顏欣恬的背影回不了神時，一旁忽然響起刺耳的拖椅子聲。

我看著木下日熀拖著椅子坐到我身邊，手上還拖著一堆的早餐，一臉笑盈盈，活像個送禮物的年輕版聖誕老人。當他放下手中那堆「禮物」的同時，我也因為那份量稍微撐開了眼皮。

「明天應該就不會這樣了，因為我有告訴過她們別送了，我會自己買。」我什麼也沒問，他自動自發的解釋說。

「哦。」我點點頭，拿出抽屜裡已經泛著水氣的火腿蛋吐司。

「新同學，以後要一起打掃了，我們來培養一下感情吧。」他笑嘻嘻的用流利中文對我說。

「我覺得應該有很多人願意跟你培養感情。」我看向他來的那個位置，女生們敵視的目光比起看到巫紹堯對我好時的責備目光，似乎又更凌厲了。「我在班上的人緣不怎麼好，你挑錯人培養感情了。」

「蛤？」

我認真的對他說，結果卻換來讓我傻眼的一聲蛤，原來他早就已經開始吃了，完全沒要聽我說話的意思。

昨天我還覺得他挺有禮貌的，怎麼今天卻……

「你好啊，轉學生。」巫紹堯出聲打斷了我跟木下日熀的對話。「昨天我們家憨玟不小心吐到你身上真是不好意思，希望你別介意。」

「不會不會，她昨天已經跟我道過歉了。」他也非常友好的回應，但不知道是不是我的錯覺，我總覺得木下這個人並不像表面上看的那樣。他轉而看著我說，「比較煩惱的是我家的阿姨，她對我那件衣服有很多意見。」

他幽默的談吐惹得巫紹堯等人哈哈大笑，顏欣恬也轉過頭來對他笑。

「你阿姨應該很想要砍人吧，憨玟在第一天就給你『很深』的印象。」巫紹堯說。

「對啊，連我家人也對她印象很深刻。」

話落，巫紹堯他們又笑得更誇張了，只有我尷尬的不知該說什麼才好。

這頓中餐就因為阿熀的關係，我們幾個的談話才不那麼尷尬，甚至還約了周末要一起去看電影，我沒有拒絕的餘地，因為轉學生指定要我去。

下午，他要我帶著他去打掃，我們並肩走在學校的路上，他居然比我還紅，走沒兩三步就跟人揮手打招呼，讓我不禁好奇，到底我是轉學生還他是轉學生。

「你怎麼才轉來一天就認識這麼多人？」我忍不住開口問了。

他挑了挑眉，對我的疑惑不以為然，「不是，是她們先跟我打招呼的。」

經過教務處，我們開始往操場的方向移動，「真好。但如果你想要繼續保持這種好人緣，以後應該要儘量避免和我走在一起。」

「噗哧。」因為那莫名的笑聲我轉頭看向他，他好整以暇的回應我的注視並且笑說：「妳真的希望我跟妳保持距離才提醒我，還是因為妳在向我求救？」

「什麼意思？」

他莞爾，「我只是避掉無謂的細節，直接問重點而已。回到這個問題，妳在向我求救嗎？」

「不是。」我想也不想的回。

我們橫跨了操場走向打掃區域，他在我們踏入樹蔭的第一秒又問：「那麼，昨天我在便利商店外面看到的，是妳跟巫紹堯嗎？」

我因為他的話停頓了幾秒，他此刻的表情像已經認定了我是巫紹堯跟顏欣恬之間的第三者，跟其他人並沒有什麼不同，用一樣審視的目光看著我。

「既然你都已經確定了，又何必要問我呢？」我逃避著問題不回答，轉而指了指前面的那塊空地，「我們到了，這裡就是我們的掃地區域。開始掃吧。」

「我確定什麼？」他對著我去拿掃具的背影說。

「我怎麼會知道？」

「我不知道妳跟巫紹堯發生什麼事，但那肯定是妳滿滿焦慮的理由。妳很容易就焦慮，這肯定不是一兩天造成的，妳以為妳隱藏的了嗎？」我神情複雜的看向他，他溫和的雙眼透著一抹難解的謎，「別害怕我，我了解。」

當全世界都在公審我，指責我的逃避時，居然有個人說他了解。

了解什麼？

「你了解什麼……」

「原本我是不懂的，不過昨天看到你們的互動以後就大概知道了。妳明知道他有女朋友卻仍然不跟他保持距離的互動，用友情來掩飾喜歡的心意，甚至以此對外宣稱，那能騙過誰？妳自己嗎？」

四周圍都沒有人，這塊小空地就只有我們兩個人負責，他的音量不小，我卻連一點點被激怒的感覺也沒有。正常來說，任何人跟我談這些我都會毫不猶豫的揚起怒火，但為什麼他的話聽在我耳裡只有濃濃的鼻酸。

他顯然不打算放過我。

「妳已經快被妳自己殺了，妳知道嗎？妳的在意他如果重視，現在身邊也不會多一個女朋友，為什麼不果斷的放手呢？」

「你到底在說什麼？」我皺著眉頭看他，「我根本不懂你的意思。」

「妳懂的，妳就是因為害怕說破後的關係不能像現在這樣，才遲遲不肯開口的不是嗎？那妳知道如果妳現在不開口的話，最後你們會怎樣？不會因為妳的視而不見，情況就好轉，反而會比妳現在承受的痛苦還要再嚴重好幾倍。」

「你很懂嗎？你經歷過？而且誰准你這樣斷言我跟阿堯的友情，我們兩個的事情不需要你這個外人來插手！」

「誤會了，我這麼說不是斷言你們之間的什麼，是善意的提醒。妳為了留在他身邊已經失去這麼多了，每天活在那樣的痛苦裡他在意嗎？如果他在意的話為什麼又放任妳這樣下去？別傻了。」

情緒莫名又在我心底消失，我感覺自己猶如一副空殼，情感流失的讓人恐慌，但我卻克制不了。

「他根本不知道我是這樣看待他的。」

「就算沒有感覺也有直覺，妳怎麼能斷言他什麼都不知道？」他從口袋裡拿出一包面紙塞進我手裡。

我苦笑，望著地面，心底徬徨無助，「如果被別人知道，我處境一定會更慘，就好像被抓到把柄似的。我是喜歡他，我不想破壞我跟他之間的關係，我不想放棄，但其實不管怎麼想，用什麼方向想，我都應該要放棄。只是我做不到。」

我不知道為什麼這次會這麼豪爽的就承認了，也許是周遭都沒有人，我也賭他身上沒有錄音設備。反正就算我告訴他了，他到處去跟別人說我就是喜歡巫紹堯，那也無所謂，畢竟這種等級的謠言在學校已經不新鮮了，我不怕。

「怎麼可能做不到？要不要做而已。」他說。

「是嗎，哈，該怎麼做？」問這句話的同時，我也很清楚心底是不怎麼信任他的，只是好奇，外加一點點放手一搏的感覺。

「能做什麼就做什麼，妳還說妳不是在向我求救嗎？」他一說完，風呼呼的吹，吹下了更多的落葉。

我看著已經延遲一天沒有掃，快淹沒腳底板的葉子，又因為剛剛的風堆了更多，忍不住想要把錯歸在他身上，他卻一臉沒事人的笑著，一點也不在意眼前龐大的工作量。

「神經。」我忍不住開口罵他。

「妳得要找他說清楚、問清楚妳們之間的關係，這樣妳才能走出來。男生有時候不說破，一半是因為自私，想要有個人迷戀自己，另外一種比較少見，就是想要保持妳們之間的關係，可能他很喜歡妳這個朋友之類的。」

「你經歷過？」

「別問我，如果我認為妳可以信任了，那我就會自己告訴妳。」

「卑鄙。」自己不願意說，卻跑來套我的八卦，而我居然還傻傻的真說了。

「反正妳想走出來，我能用我的經驗幫妳。」他笑笑的說，尤其說到經驗的時候，那笑容充滿了自嘲。

「慶祝妳從今天開始會被我拯救，我也用一個祕密跟妳交換吧。我有女朋友這件事是假的，我到哪都會說我有女朋友，否則會很麻煩。」

「……你為什麼想幫我？」

「那很簡單啊，可能站在妳的角度我是在幫妳，但其實說到底，我也只是在幫我自己罷了。」

那天我們掃到很晚，天都暗了才回家，他到便利商店後的路程和我是完全相反的，我們在十字路口說了再見。而最後，我連這天到底跟他說了什麼都近乎遺忘，滿腦子都在想為什麼巫紹堯今天回家的時間沒有到掃區接我下課。

隔天早上巫紹堯還是在跟我一起上課的巷子口碰面，我們一起走路去學校。

我心情不是很好，因為昨晚我一直等著他到十點多，卻一直沒有等到他上線，連個通知都沒有，忽然有一天沒有聯繫就讓我沒辦法忍受心底狂湧的情緒。

我想知道他在做什麼，為什麼昨天一下課後就像人間蒸發，不見蹤影？

「早啊。」他率先跟我打招呼，空出一隻手來揉我的頭髮，「怎麼樣，昨天？」

「昨天？」我沒好氣的看他一眼，不曉得他有沒有接收到我的責備，最好是有。

「昨天啊，我特意留給妳跟轉學生一個機會，妳不感激嗎？」他笑笑的看了我一眼。

「所以你沒有來接我下課嗎？」

「對啊，我做到這個程度妳該請客了知道嗎？」

「少騙人了，你應該也跟自己女朋友一起回家了吧？」我橫了他一眼，想藉機看看他的反應。

「哇勒，哈哈，被發現了。」他用著一點也沒有被抓包的緊張感說，「啊，對了，從今天開始恬恬也會跟我們一起上課喔，應該可以吧？」

我馬上就轉頭看向他，他若無其事的繼續說，「沒辦法啊，她要求了。憨玟，我覺得我對恬恬有種特別的感覺欸……」

「什麼特別的感覺？」我的心跳特別快，抓著書包的手也不自覺收緊。

「就是一種「真命天女」的感覺？是這樣說嗎，哈哈，唉呦，很害羞欸，還是別講好了。」他講完重重拍了我的肩膀一下，我差點整個人跌到馬路上，他嚇了一跳，「欸，妳怎麼回事啊，還沒吃早餐嗎？」

我將領子給拉鬆了一點，「我、進教室才會吃。」

「妳不能這樣，護士阿姨上次才說妳不能不吃東西，妳的體重已經過瘦了知道嗎？多吃點吧。」

當他這麼說的時候，我怎麼感覺，跟以前他對我的態度有很大的差別？我們之間似乎產生了一點點些微的距離，而且僅僅是在這短短的幾天內產生的。

我承認我對於我們之間的感情是否有很緊密的連結一直都很在意，他的情緒只要有一絲絲細微的變化我都能很快的察覺，所以他總笑說我是他肚子裡的蛔蟲。

但這次我感覺到的，卻不是他自己本身情緒的變化，而是他和我之間無形的細微裂縫……

我甩甩頭，努力不讓自己想太多，僵硬的扯起嘴邊的微笑從容應對。

我們一起過個彎朝著我們常去的那家便利商店前進，遠遠的就看見顏欣恬提著書包站在那裡，而另外一邊，站著木下日熀。

我看著那對有點詭異的組合，心底的感覺難以言喻。

他們兩個有說有笑的，如果不是因為知道阿熀幾天前才轉來，我大概會以為他們是哪個不知道班級的情侶。

「欸欸欸，阿熀那傢伙是在幹嘛？妳管好好不好？」他笑笑的用腳踢了踢我，而不是用手。

「我跟他沒什麼關係……」才正想這麼說，結果就看到那傢伙擴大了微笑，一臉欣喜的朝我跑來，抓過我的書包揹到他身上，笑容滿盈的看著我的眼睛說：「早安。」

我還傻在原地呢，巫紹堯也傻眼了。我們兩個一時間都不知道該怎麼反應，他倒是從容自若的也給了巫紹堯一個微笑。

「你也早啊，同學。」

巫紹堯略顯尷尬的回神，「喔，哈，早。」

阿熀的態度太過自然讓我一時間無法反應，他朝我眨了下眼睛，接著就勾著我把我往學校的方向帶。

「我跟姊姊一直在等妳，妳以後跟我們一起上學放學吧，好不好？」

「姊姊？」

便利商店的另外一邊果然站著一個長髮飄逸的女生，本來還覺得那背影真是漂亮，但是一轉頭過來卻差點嚇壞我，因為她正惡狠狠的瞪著阿熀怒問：「怎麼那麼久？」

「抱歉啦，我昨天忘記跟她說我們會等她，要她早點來的。」阿熀朝他姊姊雙手合十的道歉，「啊，對了姊，這個是我來這的第一個新朋友，吳涵玟。」

那個被稱為姊姊的美麗女生和我一對上視線就轉不開了，盯著我看了好久，眼底閃過了無數情緒。

「……妳好。」我尷尬的阻止她繼續盯著我看的目光，主動先打招呼。

「嗯，妳好。」她朝下撇了我一眼，接著很快的轉向她弟弟，「走吧，上課了。」

好帥氣的姊姊。這是他姊姊給我的第一印象，活脫脫就是個公主！

「那是我姊姊，木下日香。」他看見自己姊姊走遠了才偷偷附加說：「她很兇，很沒耐性，但那是對陌生人，她真正的個性其實很善良又溫柔。如果妳跟她能夠變成朋友，她一定會對妳很好的！」說完還朝我眨一下眼睛。

他姊姊的身高很高，目測大約有一百七十，我才一百五十八，根本只到她的下巴而已，她要看我還要微微往下偏呢。

我轉頭看了看巫紹堯和他女朋友，他們兩個此刻正在交談，不過巫紹堯的臉色看起來不太好。顏欣恬的臉色則是有點無奈，不曉得發生什麼事。

「我剛剛跟那個女生聊了下，巫紹堯那傢伙對她似乎很細心呢。」

「你怎麼這麼八卦。」我偏過頭就看到他正在偷笑。

「別忘了，今天開始我要開始幫妳了，當然要稍微刺探一下敵情啊。」

「你該怎麼幫我？」

「妳應該要先跟我說你們走來的路上說了什麼吧？」

我嘆口氣，「他有點怪怪的。」

「哪裡怪怪的？」

因為他的問句我頓了一下，一時間也不知道怎麼開口才好。

正當我要開始從跟他這個轉學生的交情算起，好評估到底要不要告訴他時，他驀然伸出他的手掌拍了我的額頭一下。

「嘿夥伴，別忘了我們是夥伴，夥伴有問題當然別想要隱瞞。」他刻意用了三個夥伴來強調我們之間的關係，一臉嚴肅的盯著我，意在不准我逃避。

我朝著天空呼了口氣，決定豁出去了，「他昨天開始就沒有去掃地區域等我一起下課，而且晚上沒上線跟我聊天，就連今天早上說話的語氣也都怪怪的。」

「他每天都會跟妳一起回家，你們每個晚上都會聊天嗎？」

「嗯，每天。除了昨天以外他幾乎沒有一天缺席過。」

「是嗎？」他略略的笑了，笑得奸詐。

「笑什麼？」

「我哪有笑？」他忽然沉下臉來對著我，正打算和他一起彎進教室，他卻在要進教室的前一秒煞住車，「五分鐘後妳在進來。」

「啊？」

他伸手推了推我的額頭，滿意的看我往後退幾步才轉身進教室。

推額頭是這傢伙的習慣嗎？怎麼動不動老愛推我額頭！

我沒有真的聽話待到五分鐘，在那之前聽到下一個學生走上來我就轉身進去了，他早已坐在位置上和人談笑風生，對我進來連眉頭也沒有皺一下，戲演得很自然。

巫紹堯在那之後的幾分鐘進教室，進來就先掃了我的位置一眼，接著沒好氣的走來，當我的面將書包甩到桌上不情願的掛好，腿一蹬，椅子往後退，撞了我的桌子一下。

看他沒想要道歉的樣子，而且心情也很不好，我知道不能過問太多。

班上的人拋來好奇的目光，我也不了解到底發生什麼事，只能跟大家猜得一樣；剛剛，巫紹堯肯定跟他女朋友吵架了。

5

這個中午，顏欣恬沒有來我們教室一起吃飯，雖然他們公開交往還沒有幾天，但仍然引起不小幅度的謠言。

不外乎就是因為我，大家都在討論巫紹堯的女友又因為我跟他吵架了。

我的桌子被坐在前面的他敲了敲，「欸憨玟，陪我去福利社。」

還沒來得及反應，他握著我的手腕快速走出教室。

當我們快速的在走廊上移動的同時，所有人也都注意到我們交握的手臂，全都議論紛紛，巫紹堯像是沒有發現似的直往福利社的方向移動。

「巫紹堯，你怎麼了？」我被他拖著走，腳步踉蹌，感覺自己隨時要跌倒，他也不在意，一直到進去福利社擠進人群裡才放開我。

我們很快的就在人群中走散了，他往哪個方向去我也看不見，因為身高才一五八的緣故，比我高的人多的是，要找到身高也只有一七四的巫紹堯有點困難。

我被推擠到冰櫃的位置，所有人的手都拚命的往這裡擠，瞬間有種想要推開人群大喊「通通給我滾開」的衝動。忽然，一隻手橫過我面前，就在我臉的正前方，會變鬥雞眼的距離，很快的抓過一瓶牛奶和一瓶柳橙汁。

「牛奶是我的。」那人說著，我下意識就抬頭看著他，他露出好看的笑，「塞在這裡幹嘛？走了。」

他抓過我剛剛被巫紹堯緊握的手腕，用身高優勢要旁邊的人讓開，順利的將我帶出人潮洶湧的福利社，然後將手中的柳橙汁塞進我手裡。

「柳橙汁給妳。」

剛從人群中被擠出來，我有點喘，「謝、謝謝。」

「總共二十五塊。」他朝我伸手。

我微愣，哪有買了東西給別人卻要錢的！

「那我不要了。」我板著臉欲將柳橙汁推回他手裡，他反應飛快的跳開，「不行，妳碰過，有指紋了。」

「什麼鬼道理，為什麼碰過有我的指紋就不能還給你？」

「指紋是一個人的專屬印記啊，所以我不能收。」

這硬是扯出一個道理的話誰聽不出來？我也懶得和他爭辯，草草從口袋的錢包中拿出二十五塊給他了事。

「妳在等巫紹堯嗎？他已經先走了。」他陪我站在福利社外面的柱子旁，開了牛奶，插上吸管喝了一口。

「他走了？」

「嗯，在福利社裡面遇到他女朋友，然後就被拉走了。」

抓著柳橙汁又站了一會兒，我也不知道自己在想什麼，只是腦子一片空白。大約過了三分鐘後，我轉身往教室的方向前進。

阿烧跟在我身邊，一路沉默，在我們經過第二個走廊的時候拉了拉我的外套袖子，「妳手指上的藥，該換了。」

那上頭現在滿是黑汙，我昨天洗澡也沒注意，就讓它淋濕了。

坐在保健室的椅子上，他細心的將每個繃帶拆下，還稍微用沾濕的棉花把指甲上沾到的膠弄乾淨，最後上藥，纏上新的膠布。

「以後不管傷好了沒有，都這樣纏著吧。纏著妳就咬不到了。」微微一笑，調皮的往我手背彈了一下。

我木然的望著他，腦子裡只想到巫紹堯現在回教室沒？和他女朋友在說些什麼？他們為什麼吵架？

望著我的沉默，他從口袋裡拿出一顆牛奶糖：「很在意的話，吃吃看這個。我從日本帶回來的，限量的喔。」

我拿在手上，對上他期待的眼神，慢慢的剝掉牛奶糖的外衣，放入口中。

「好吃吧？」他笑問。

我點點頭，「嗯。」

「這是我最喜歡的糖果，也是小晴最喜歡的。」

「小晴？」我疑惑。

他溫柔的笑瞇了眼，「倪晴。我在這個世界上最喜歡的人。」

阿熀說到這名字時，眼中閃爍寵溺的笑，彷彿他口中的女孩就在他身邊一樣。

我們回到教室的時間已經晚了，老師不在，午休的時間大家都趴在桌上休息，我一進到教室的習慣就是先瞄巫紹堯的位置，很可惜，他還沒回來。

我趴在桌上想他到底去哪了，為什麼還不回教室，接著我頭上就被一個輕輕的紙條砸中，揉成一小團的紙，看起來像垃圾又不是垃圾。

從方向研判應該是坐在右邊的人，但我右邊至少有五排，通通都是趴著的，根本不知道是誰丟的。

我攤開紙條，那上頭只寫著淡淡的一行字。那個人問我，我是不是專門跟有女朋友的人搞曖昧？短短的一行話卻讓我看了好久，我的心跳很快，但我知道不能將我的慌亂表現出來，於是將紙條重新揉成一團球，丟進後面的垃圾桶裡。

巫紹堯回來了，他臉上的表情還是不太好，但是坐回位置的力道放輕許多，不像早上的時候這麼生氣。

他女朋友應該有好好安慰他吧？如果中午真的是被她帶走的話，應該有好好安慰他吧？

我滿腦子胡思亂想，放學回到家以後也在想，掛在網路上一整天，為的就是要等巫紹堯來跟我說他發生什麼事，但卻連他上線也沒有等到。

不會這樣的，應該說他從來不會這樣，至少會稍微上線個一小時，很少會像現在這樣連上線也不上線。

隔天早上，他有氣無力的靠在我們相約的地方等我，一看到我就嘆氣說了聲早。

「早。」我回應，「你怎麼了？」

他從鼻孔呼出口氣看著我，不到幾秒鐘時間又面向前面，「沒什麼啦，不是我的事。」

這句話一出我便知道，他是在跟我解釋，因為是別人的事情所以不能跟我說。

我理解的點點頭，「是恬恬的？」

「嗯。」他低頭望著自己腳尖，「欸，明天要去看電影的事情妳沒忘記吧，身上還有錢嗎？」

我一頓，「嗯，還有。」

「那就好，如果沒有的話跟我說一聲，我幫妳出。」

因為我爸媽長期在外，也會有零用錢花光、但他們沒有及時補齊的時候。巫紹堯剛開始知道這件事的時候很吃驚，於是那段時間的早餐跟午餐，都是他買給我吃的，說是不想看到我跟著姊姊一起從早到晚吃泡麵。

他不是很喜歡我姊，老是說她根本不像姊姊，更像是討債公司派來的臥底。

巫紹堯也有個姊姊，很照顧他，對他很好，他覺得那才是姊姊該有的樣子。

他希望我把他當哥哥，他想用他姊姊照顧他的方式照顧我，讓我體會有家人的感覺。

我知道他是在很溫暖的家庭環境長大的，跟我有不小的差距，也許正是因為這樣，所以我特別容易被他吸引吧。

超商前面仍然站著兩個等著我們到來的人，阿焜一見到我便走來接過我的書包，巫紹堯也接手自己女朋友的。今天他跟昨天不同，沒有跟顏欣恬一起走在我們後面，而是跟我們走在一起。

「欸阿焜，你怎麼也每天待在這邊啊，真的是在等我們家憨玟一起上課嗎？」

阿焜想也不想的點頭，「是啊，兩個人一起上課比較有伴嘛。」

「那你女朋友呢？」巫紹堯像想到什麼的說：「欸對，今天沒看到你女友欸。憨玟，你篡位成功了嗎？」

他一聽到巫紹堯這麼說忍不住笑了出來，「你自己問涵玟好了，那個人是我的誰。」

巫紹堯將目光轉到我這，我也不知道該回什麼，「都可以講嗎？包括祕密？」

「都可以。」他微笑點頭。

「……阿焜其實沒有女朋友，那天早上看到的女生是他姊姊。」我冷靜的對巫紹堯解釋，他立刻就歡欣鼓舞的大叫，「蛤？那是你姊？欸，你姊超正的耶！」

阿焜笑著沒有回應，他又搔搔頭問：「你既然沒有女朋友，為什麼第一天自我介紹的時候說你有啊？」

「因為這樣可以避免很多不必要的麻煩。」他的回答跟那天對我說的一樣，說完還特地看了我一眼，「不用保密了，以後這就當作半公開的祕密吧。」

我們轉個彎要進校門，巫紹堯帶著顏欣恬要轉往另一棟，離別前還不忘對阿焜繼續嘰嘰喳喳的小聲叮嚀，「欸阿熀，明天看電影記得嗎？帶你姊來啊！」

擔心這些話被自己女朋友聽到，他還特地拉著阿熀到比較前面的地方才說，卻沒對我忌諱，讓站在一旁的我全都聽到了，心裡頓時有些不是滋味。

「她不可能會來的，她很宅，但如果你真的想要認識她的話，倒是可以找個時間來我家，我介紹你們認識。」阿熀善良的微笑。

巫紹堯一臉看見失散兄弟的模樣，還伸出右手拍拍他的肩膀，曖昧的朝他眨眼睛，最後才轉身牽著顏欣恬的手離開。

下課時間，我坐在巫紹堯旁邊的位置，明顯著意到他戴在另外一隻手上的手環，黑黃色的條紋，看起來像是純手工編織的。

「欸阿堯，你女朋友幫你做這個喔？哇，好幸福喔～」羅智皓一臉羨慕的對著一旁的胡詩云說。

胡詩云瞪了他一眼，「我去年聖誕節也幫你做圍巾啊。」

「圍巾？那都七八百年前的東西了，才第一次戴就發現上面有個地方勾破一個洞。」羅智皓抱怨。

他們兩個的鬥嘴惹得巫紹堯大笑，「你們兩個冷靜好嗎？這是我跟恬恬那天去夜市買的。」

「蛤，你們兩個去夜市沒有揪？」羅智皓率先發難。

「下次啦下次，你自己跟胡詩云出去就都有揪嗎？」

他們兩個你一言我一語的鬥，最後話題扯到明天假日要去看電影的事。

「明天要看的那部電影是愛情片耶，憨玟一個單身的跟著去要幹嘛。」胡詩云看著我說，我霎時間無法反應。

我知道她不想要我去，明天除了他們三個還有顏欣恬，就只剩下我跟木下日熀了。

「不是只有憨玟一個單身啊，我今天早上才聽說阿熀跟他女朋友已經分手了，現在也單身欸。對吧阿熀。」

班上的女孩子這會兒興致全來了，抑制不住的竊竊私語。

坐在角落的木下日熀點點頭，沒有多說什麼，不一會兒就繼續和坐在他前面的女生說話。

我靜靜的坐在一旁聽著，沒想到從巫紹堯嘴裡說出來居然會變成分手，我們早上說的時候他明明就是問阿熀為什麼要騙人。

「而且啊，阿熀還是憨玟的菜，我在想要把他們湊成一對。」巫紹堯小聲的說。

聽到他這麼說，我渾身僵直無法動彈。

「唉呦，不錯耶。木下日熀是真的長得滿帥的，賺到囉憨玟，妳的春天來了。」羅智皓笑嘻嘻的踢了踢我的椅子，胡詩云沒什麼表情的打量著我。

我沒心情去想胡詩云到底在想什麼，滿心只在意剛剛巫紹堯說的話。

他說要把我跟阿熀湊成一對，難道說這些話前他都沒想過那代表什麼意思嗎？那不就代表我們兩方都是有男女朋友的人了，不能在單純的以朋友自居？他就算和我當不成朋友也沒關係嗎？

下了課回到家，姊姊罕見的待在家裡沒有出門補習，只是悶頭倒在床上，地板還有撕碎的地理課本，以及燒掉一半的數學、英文。

我用最安靜的方式將書包放在自己的位置上，轉身，打算一鼓作氣跑出房間。因為我覺得，姊姊隨時都會起來，然後找我麻煩。

果不其然，我才剛將書包給放好，姊姊就丟開蓋在臉上的枕頭坐起。

「妳幹什麼？做什麼壞事？」她一臉冷漠的問。

「我、只是剛回家。」

「那幹嘛躡手躡腳的，不覺得妳這種行為很噁心嗎？」

我皺著眉頭，只想快點離開這個空間。

「那什麼臉？看了就討厭！」

我終於忍受不住她惡意的攻擊，站直身體看著她，「我哪裡噁心？妳考不好就考不好，幹嘛要拿我出氣！」

「妳說什麼？」她惡狠狠的面對我走下床，我也不想跑，下一秒就被她抓住頭髮，「妳每次考試都進不了排行榜，憑什麼說我考不好？仗著爸媽疼妳，什麼都不用做就有錢可以拿，憑什麼我還要靠成績才能拿零用錢！妳這種人最可恥了！」

她抓著我的頭髮死命搖晃，還用腳不停的踢我。

「很痛！妳放開我！」

「怎麼樣，又想跟爸告狀嗎？我沒有妳這麼噁心又笨的妹妹！」

我其實根本不知道她這次的成績怎麼樣，學校放榜我也沒有去看，只是回到家裡看到她的書被她弄成這樣，直覺就猜到大概了。

本來不想要跟她說太多的，結果還是讓她抓到把柄，狠狠的把我修理了一頓。

不止一次，我其實不止一次想要逃離這個家，讓自己永遠也看不到視我如糞土的姊姊。我離家對他們來說應該也只是剛好而已，他們可以省點養我的錢，讓姊姊念更好的學校，也不用看到爸媽每次回來都繃著一張臉，好像回來的很不情願。

所以就我離開好了，我離開也許他們都會比較快樂。

總有一天，我總有一天一定會這麼做的！

6

隔天我很早就起床，自己設了鬧鐘，就是為了跟姊姊出門的時間隔開，在她還在睡的時候就起床出門。如果早上出門前還要先看到她，我肯定當天看電影的心情都不好。

整理完東西，我打算先去吃個早餐。

算了算媽媽還有兩個禮拜才回家，我這次應該還可以多存一點錢，所以今天的早餐可以奢侈一點，吃早就想吃的高檔早午餐店，還要點我最想點的經典歐式起司豬排拼盤。

我一臉興奮的盯著櫃檯的方向，滿心期待待會兒送上來的餐點會有多誘人。我連手機都準備好了，等一下一定要拍照打卡上傳，記下這歷史性的一刻。

才剛進來店裡落座沒有多久，就看到一道熟悉的身影也進來這間店，手邊還勾著另外一個戴著眼鏡的男人。

「都已經吃膩了，妳就不能想點別的吃嗎？」男人的口氣有點不耐煩。

「別這樣嘛，我就喜歡吃他們家的拼盤啊。」女孩撒嬌說。

男人穿著POLO衫，面無表情的站在旁邊看著女生畫點單。

顏欣恬。如果我沒看錯的話，那個女的的背影應該就是顏欣恬。

但是她一直不轉頭所以我看不到她的正面，無法很確定，而且她的衣著跟平常在學校的樣子也有一段差距。

女孩笑著笑著，踮起腳尖，勾著男生的脖子靠了一會兒，湊上嘴唇親了男生臉頰一下。我愣愣看著他們回不了神，她碰巧轉頭，終於和我對到了眼。

視線交會的剎那，我可以很明顯的感覺到她的畏縮。

她認得我，所以不是我認錯人。

她無表情的看著我幾秒，最後像個沒事人般先轉開，幾分鐘後，他們外帶的早餐也好了，她一手拿著早餐，一手勾著那個眼鏡男的手離開了。

一回神才發現自己雙手緊握，咬緊了下唇，身體因為憤怒而發抖。

我的早餐不到幾分鐘的時間也來了，但我卻沒有心情吃它了。

將早餐草草的外帶打包，心裡真的很多髒話。

誰叫她跟我出現在同一家早餐店，害我難得想犒賞自己一個美麗的早晨都做不到！

漫不經心的踢著地上的小石子，我好奇的想著巫紹堯知不知道這件事？還是因為巫紹堯知道這件事，所以才和顏欣恬吵架？才會心情不好？

「喂！」巫紹堯的聲音自我背後響起，他手搭在我的肩膀上，我一轉頭卻反而先對上顏欣恬的笑臉，狠狠的嚇掉我掛在肩膀上的包包。

「幹嘛啊，嚇成這樣是看到鬼了嗎？」巫紹堯的聲音出現在另外一邊。我撿起地上的包包拍了拍，「你、這種幼稚的習慣可不可以改一下？這樣嚇人會嚇死人的不知道嗎？」

「妳在失魂什麼啊？」他莞爾，「欸我跟妳說，待會兒別說我不幫妳製造機會！結束以後我們去唱歌，妳就說妳想要出去逛逛，我就讓阿焜去陪妳。怎麼樣，對妳很好吧？」

「你又知道他會答應了？別這樣亂湊對啦。」我眼神不受控制的一直往顏欣恬的方向飄去，她仍是一臉笑盈盈，好像剛剛沒在早餐店遇見我一樣。

「他會啦，以我英明神武的直覺，我敢肯定他就是喜歡妳才會對妳這麼好，如果不喜歡妳幹嘛要對妳好啊？是不是，恬。」他邊說邊朝顏欣恬挑眉，要讓她附和自己的話。

她乖順的點點頭，「是啊，每天早上在便利商店等你們來的時候，阿焜也很關心妳的事，只是我不太了解，所以沒辦法跟他說太多。」

「別想太多了，他根本沒那個意思。」我面對前面說，不想看她。

我不知道我心裡現在是什麼感覺，很複雜。明明覺得這樣也好，戳破她，這樣巫紹堯就會恢復單身，重新找到對象的期間，他就會像以前一樣是我的。但不知道為什麼，我一直無法下定決心讓自己這麼做。

「那不然妳是想要魯一輩子嗎？」

「什麼魯啊？」我疑惑他這詭異的詞是打哪來的。

「魯蛇啊，loser的英文發音，意思就是說妳是個感情的失敗者啦。這是現在的流行詞彙欸，妳才幾歲居然不懂！」

「誰規定一定要懂那些才是年輕啊？」

「總之，妳也快點去交一個吧，我覺得阿熀這個人不錯，可以試試。」他走在我身邊，顏欣恬一直都走在我們後面。

這個話題後來就被我帶掉了，我一點也不想在這個話題上打轉太久，更何況身後還跟著她。

我不知道她是用什麼心情面對我的，興許她也很緊張，只是沒有表現出來。

看電影選位置的時候，因為巫紹堯的執念，用人多當藉口買了兩排前後的位置，第一排四個人一起，第二排兩個人，我被迫和阿熀坐在他們後面的位置。

這樣特別的隔離，難道阿熀會感覺不到嗎？

阿熀安靜的坐在位置上等開始，而我則是彆扭到不行。

我重拍巫紹堯的椅背，「我要跟你換位置，現在。」

「妳別鬧了，電影都要開始了。」巫紹堯笑著說。

阿熀壓著我的肩膀要我坐好，我這才注意到一旁有人要入座，連忙道歉。

巫紹堯側過臉看我一眼，笑著對我比個讚。

我無奈的躺回座位，阿熀遞過爆米花給我，「要吃嗎？」

「你吃就好了。」我面無表情的看著螢幕撥放預告片。

整個看的過程我幾乎都沒有放心思在那上頭，眼睛只注意著巫紹堯跟顏欣恬。

他們一會兒相視而笑，一會兒又緊緊相依，就好像電影裡的戀人一樣，愛濃得化不開。那是我朝思暮想的位置，她憑什麼？這樣的顏欣恬，真的配嗎？

顏欣恬忽然轉頭看了我一眼，給我一個甜笑，「憨玟，我們一起去廁所好不好？」她張著嘴用氣音跟我說，我傻在位置上。

阿焜推了推我的手臂要我回神，「恬恬在跟妳說話。」

我點點頭，她也笑著起身，我們彎著腰一起往廁所的方向去。

並肩走在通往廁所的昏黃小道上，她沒有說話，我也不知道要講什麼，緊張的手心狂冒汗。

「涵玟。」要走進廁所前她忽然叫我的名字，我整個人一頓。「妳有帶衛生紙嗎？」

「……沒有，但裡面都有吧。」我乾扯嘴角。

她微微一笑走進去，我站在外面等她，外面不時傳來電影的配樂還有觀眾的笑聲。

她上完廁所出來，隔著鏡子看著我，「妳沒有要上廁所啊，那為什麼要跟我一起來呢？」

我納悶她問的話，「好像是妳找我來的？」

「還是妳願意跟我來是因為想跟我說些什麼？」她洗好手，氣定神閒的抽了張擦手紙。

「……我沒什麼話好說的。」我將臉別過不看她。

「是嗎？」她垂下臉，「但是我有些話想要跟妳說。」

我有些戒備的看著她。

「涵玟，我想拜託妳一件事。」她走到我面前，握住我的手，誠懇的說：「早上的事情可以幫我保密嗎？拜託妳，先別把這件事告訴紹堯。」

我皺眉，「什麼？」

「我不會傷害紹堯的，請妳相信我，好嗎？好了，我們回座位吧。」她率先往前走，徒留我在原地。

後來我怎麼回到位置上的我不知道，連到底哪時候散場，怎麼走出電影院都忘了，因為腦子一片空白。

內心裡，我知道應該要告訴巫紹堯的，而且如果這件事爆開，應該慚愧的人是她不是我，但為什麼當她用一種滿懷心事的表情看著我，要我幫她保密的時候，我居然猶豫了……

我們一群人站在電影院門口說好要去唱歌，見我都沒反應所以巫紹堯直接說了我今天人不舒服，要阿焜送我回家。

阿焜沒有懷疑，「妳哪裡不舒服？需要幫妳買點藥嗎？還是妳經痛？」

「我根本一點事也沒有。」我低頭看著地板，不知道自己剛剛到底是不是遇到鬼打牆，為什麼要默認顏欣恬這種事。

「妳今天忌妒的也太明顯，應該十里外都能感覺到妳的醋意了。」阿焜拿著他的溜溜球上下甩動，一臉專注的站在我身邊。

「我沒有忌妒。」

「那妳幹嘛一直整場電影都一直看著他們兩個？」

「……因為，知道了一些不想知道的事。原本知道這件事應該要開心的，但我卻開心不起來，反而很苦惱，我不知道我怎麼了。你知道我怎麼了嗎？」我轉而向他求助，他聳肩。

「我聽不懂妳在說什麼，從頭到尾妳有把話說清楚嗎？」

這件事我還摸不著頭緒，所以我選擇不說。

我逕自往前走去，他在我掠過他的時候抓住我的手，「妳的脖子怎麼了？」他的手伸過來輕觸我的脖子，我卻痛的一縮。

「怎麼了？」好奇的伸手觸摸，還是很痛。

「那裡有條短短的傷口，還流過血的樣子。」他皺眉，「妳做了什麼？」

我垂頭苦笑，「哦，那大概是昨天和我姊打架傷的。」

他沒說什麼，只是靜靜的凝視著我，過半响才說：「我也會和我姊打架。」

我沒什麼太大的反應，只是安靜的聽他說。

「我們打到不分輸贏。我姊真的很厲害，如果她願意的話，我還可以幫她報名我最愛看的摔角台，就算從來都沒受過訓練，肯定也會奪得冠軍！」他誇張的比手畫腳，生動的演繹他姊姊是如何抓著他的肩膀過肩摔，如何用剪刀腳夾住他的頭等等。

「噗。」不知何故，我不小心笑了出來。

「妳終於笑了。」他抬手揮掉因為剛剛誇張的表演流的汗，「走吧，我帶妳去個好玩的地方。」

他拉過我的手，霸道的將我帶往另一個方向。

「要去哪裡？我沒說我要去啊！」

「跟過來就對了。妳跟妳姊吵架，妳還想回去看到她的臉嗎？」

我想想也對，現在這個時間回去肯定會碰到她。依照我的了解，昨天如果因為成績的關係沒有去補習班，這個禮拜的份應該都翹掉了。

「那所以我們要去哪裡？」

「妳來就對了。」

他帶著我來到一棟偌大的日式建築旁。這間房子由於在我們學區附近，我從小就在這裡長大，也看過無數次，一直都覺得很氣派，沒想到，他就是這家的孩子。

他掏出放在口袋的鑰匙，將門打開，禮貌的讓我先進去，「進去之後先脫鞋子哦。」

我聽話的走到一旁有放鞋櫃的地方脫鞋，換上室內拖，他倒是很隨興的把鞋子往上一丟，人就往屋子的方向走了。

一路走來，房子內部的典雅裝潢還有雅緻的庭園造景都讓我看傻了眼，我依依不捨的經過庭院，他卻很破壞氣氛的拉開門大喊：「姊，我回來了！」

才剛開門，我就聞到陣陣烤蛋糕的香氣，還有攪拌器運轉的轟隆聲。

他一大叫，攪拌器的聲音就停了，一個戴著白色頭巾、綁著馬尾的俏麗女生出現在走廊的盡頭。

她看了我一眼，「嗯？妳是、吳涵玟？」

我乾笑揮手，「木下姊姊好。」

「歡迎。小子，我要你幫我買的蘇打粉呢？」

「啊，忘了。」他視線不動，整個人呆若木雞的站在那。

他們兩個對視了一陣子，最後是他姊姊率先開口，「晚上你就完蛋了。」

木下日香穿著一整套看起來像劍道的制服，站在攪拌器前面看著裡頭攪動的鮮奶油，另一頭的烤爐還泛著橘光奮力將蛋糕烤熟，弄得滿室蛋糕香。

木下日熀帶我走到客廳，忽然一陣嗚咽聲傳來，一隻看起來有點過胖的柯基幼犬搖著屁股跑來，身上還穿著一件一號的球衣，抓著阿熀的腳上上下下的跳。

「柯林姆，坐下！」

柯林姆？這什麼怪名字。

聽到這名字的當下我不禁莞爾。

柯林姆恍若未聞，他無奈的用日文碎念了句什麼，然後抱起一直討抱抱的柯林姆。

一被抱起，柯林姆立刻就瘋狂要親向他的臉，伸著舌頭要舔他。

他再也受不了的將柯林姆丟到我身上，「哪，給妳！」

「給我？」我瞪大眼。

「不是給妳，是借妳玩。」

「你說好玩的東西就是這個？」我抱著柯林姆，有點難開口說話，因為牠現在也瘋狂的想要舔我。

「女生不都很喜歡小狗狗嗎？這是我姊姊幾個月前認養的柯基生的小寶寶。牠是柯林姆一號。」

「那所以？」我看著懷中的柯基，圓滾滾的身軀不斷蠕動，完全靜不下來。

「還有柯林姆二號到五號哦。」他笑嘻嘻的說，「牠們都在樓上，只有一號會走樓梯，所以可以下樓，其他都卡在樓梯口。」

聽他這麼說，我忽然很好奇那畫面。也許他也從我的表情中看出我的想法，笑著把柯林姆一號接過懷裡，帶我走到樓梯口。

還沒接近樓梯邊就聽到陣陣嗚咽聲，上面真的有四隻小小的狗狗不停焦慮的轉圈圈，為的就是等人上去將牠們接下來。

「只可惜我姊現在在廚房，要等她忙完才可以放牠們出來。」

我看著牠們激動萬分的亂跳，小聲的吠叫、轉圈，忍俊不住。

「牠們一定很羨慕柯林姆一號，因為只有牠能夠自由在一二樓來去自如。」

「來吧，先別管牠們，看久會心軟的。」他手抱著柯林姆一號，所以只能用腳迫使我往客廳前進。邊走還很壞的對懷中的柯林姆一號說：「走了小一，我們待會兒可以吃蛋糕，哥哥姊姊們都吃不到哦。」

一到客廳後，他先將一號放下，打開電視櫃拿出wii的遊戲機。

「妳會不會打網球？趁著我姊還在做蛋糕的空檔，我們找點事情做吧。」他將遊戲其一的搖桿遞給我，但我根本沒有玩過。

「我不會……」

「就像一般打網球那樣啊，很簡單，妳試試。」

他拉著我站起來，打開遊戲，畫面直接就是網球的遊戲頁面，看起來根本就很常玩，我總覺得等一下我會輸得很慘。

果不其然，玩沒幾局我就虛脫，連顆球都打不到。

「妳到底在幹嘛啊？運動細胞怎麼這麼弱，這樣不行吧！」他的語調帶著嘲弄，一臉得意的看著雙手插腰、滿肚子不甘心的我。

很好，這個臭小子澈底激起我的勝負慾了。

又玩了幾局，我的雙眼始終認真的盯著球，越來越自然的揮拍，很快就打到球，感受到威脅的他也不再這麼輕佻，開始認真的想和我一決勝負。

時間緩緩流逝，我已經忘記我們玩了幾場，不知不覺間，天色已經漸漸變暗，他姊姊也終於將蛋糕做好、切好，拿到客廳要給我們吃。

「你們也太會玩了吧？居然玩了這麼久，玩到我蛋糕都做好了。」

我汗流浹背，他也是，我們兩個都癱倒在沙發上動不了。

木下日香好氣又好笑的看著我們，「吃下午茶吧，休息一下。尤其是你，日光，別在欺負人家。」說完她便回到廚房去收拾剛剛的器具了。

我第一次聽到阿焜被叫日光，忽然記起第一天他的自我介紹裡好像有提過，但一直不知道為什麼。

看著一旁冒著泡泡的橘子汽水，我無聊的找話題，「欸阿焜，為什麼你姊姊會叫你日光啊？」

他眼神渙散，累到不行，「因為我媽以前都是這樣叫我的。」

「那為什麼你媽不叫你阿焜呢？」

「妳問題很多耶，因為我台灣的名字就叫做金日光啊。」

金日光？聽到他的台灣名字，我嘴角不禁上揚。

「別笑，任何人聽到我台灣的名字都要先笑我。聽起來有點俗我知道啦，但是我日本的名字也是因為焜有日跟光，所以才會這樣取的。」

「不俗啊，我覺得很好聽。」

「妳覺得好聽？」

「很好聽啊，很適合你。」

我感覺到他正看著我，但我還是看著天花板，故意裝作不知道，放鬆的閉上眼睛。

春天，外頭還很冷，不時還有可愛的小鳥站在電線杆上吱吱喳喳。遊戲暫停了以後，整個空間內除了冷氣和他姊姊在廚房收拾東西的聲音以外，其實是安靜的。沙發因為他移動位置的關係，漸漸變得擁擠。

「欸，我這樣靠著妳，妳會亂想嗎？」他撐著頭，靠我很近的問。

「我不會，但會有點反感。」語落，我讓自己移開了一點。

「曾經有一個女孩子，她在全班都笑我的名字很好笑、很難聽的時候告訴我，我的名字很好聽，是全世界最獨一無二的名字。妳剛剛說的話，讓我想起她。」

他仍然趴在我身邊，單手撐著臉頰看我，一臉沉溺在回憶中的模樣。

「你前女友嗎？」

「什麼？」

「剛剛你說的那個女孩子，是你前女友吧？」

他低低的笑了，「不是，我沒有和她在一起。她是我全世界最喜歡的人，但是除了友情跟親情，我什麼也不能給她。」

——「倪晴。她是我在這個世界上最喜歡的人。」

「那……是倪晴嗎？」

我聽到拖鞋頓足在另一頭的聲音，我跟他同時轉頭，看見他姊姊木下日香就捧著杯子站在那，一臉驚恐的看著我們。

杯子裡橙黃的橘子汽水仍在冒泡，她不自在的笑說：「你們在聊什麼啊？我怎麼覺得現在不該在這時候打擾你們。」

「沒什麼，我在想待會兒要吃什麼。姊，妳要煮什麼給我們吃？」

我聽到阿熀這麼說，忙著搖手，「不、不用了，我會回家吃。」

「妳不是跟妳姊姊吵架了嗎？還怎麼回家啊？」他說完這話就不再理會我，「我想吃咖哩飯，不要太辣。」

他姊姊微笑看著我們，似乎對我要留下來吃飯這件事沒太多意見，但我對這件事就沒辦法這麼淡然。

「真的啦，我可以回家吃。」我看了看時鐘發現時候不早，「第一次來別人家裡就蹭飯太不好意思了，下次我一定會先通知在過來，你姊姊也比較好準備。」

他看了我半晌，搔搔頭，「既然妳這麼說，那好吧，回去的路上小心。」

我往門口去，阿焜跟了過來，最後我們在他家門口揮手說再見。

一路上我其實都在想他剛剛說的那句話是什麼意思，為什麼倪晴是他在這個世界上最喜歡的人，他卻沒有和她在一起？可他的表情分明就很愛她啊。

「除了友情跟親情以外，我什麼也不能給她。」

「該不會是那個女孩子暗戀他，但是他只把她當作妹妹，所以不能跟她在一起吧？」我邊走邊自言自語的說。

那也難怪他會希望我跟巫紹堯說清楚，也許他就是因為沒跟那個女孩子說清楚，惹得人家誤會了而且像我一樣難受，所以現在才這樣跟我說吧？

回到家裡打開電腦，姊姊還在房間內卻沒有想要出來的意思，我也不管她，就放任她繼續在裡面自怨自艾，我玩我的電腦，她別出來吵我就好。

一上線，我習慣性的瞄了眼目前正在線上的人，發現巫紹堯人還沒回家所以沒在線上，於是我縮下網頁的視窗，打開一個慣用的祕密資料夾，往裡頭新增一份文件。

資料夾裡放滿了我的日記，內容不外乎都是巫紹堯，偶爾穿插一些胡詩云或羅志皓，總之就是我身邊常出現的人的名字。

我不喜歡寫日記，因為我姊小時候最喜歡偷翻我的日記本，然後拿到我面前跟我討論，每次她這麼做，我都會羞愧的不知道該鑽哪去。於是從有電腦開始，我的一切，就改紀錄在自己的電腦當中，還將資料夾設了密碼。

我將今天發生的事情，還有巫紹堯打算將我跟阿焜湊成一對的事，通通記上頁面。

一開始專注的回憶今天發生的事，時間就過得特別快，一直都覺得打字很神奇，明明以為專注不到十分鐘，但其實一個小時已經過去。

回來的時候就已經六點多，現在打一打也七點了，我不知道姊姊吃過了沒，看房內沒有聲音，我猜測她應該在睡覺，於是我自己抓了外套出去，替自己買晚餐。

等我買完晚餐回到家，姊姊的房間門還是一點動靜都沒有，我開始覺得奇怪。

我們兩個平常就睡一間，所以我也沒有敲門的習慣，但今天的感覺真的特別安靜、詭異，我心裡開始湧起不祥的預感。

敲了敲門，「姊，妳吃晚餐了嗎？」

沒回應。

我又敲了敲，「姊，妳肚子餓不餓？」

門內還是一片安靜，我推開門，「姊姊……」

她躺在房間內，蓋著被子，一臉完全沒被打擾的樣子，黑暗中也看不出端倪，於是我打開房間的燈。

當燈光打在她的臉上，怪異寧靜的臉龐，脖子的地方還有奇怪的紅斑，半褪血色的嘴唇，各種跡象都讓我的手心狂冒冷汗。

我跑了過去，瘋狂搖著她的手。

「吳涵茨，吳涵茨！吳涵茨妳不要再睡了！」我大叫，因為耐心漸漸減少，搖動的力道也越來越大力。「吳涵茨！我在叫妳妳聽到沒有！快點給我起來——」

我對著她尖叫，甚至抓起她的手想也不想就咬了下去，這時我才看到，她手上抓著一個瓶子，隨著我撥開她的手的動作，軟軟的鬆開，掉落。

上頭都是英文我看不懂，但我肯定這就是她昏睡不醒的原因。我回神，雙手顫抖從口袋中拿出手機，想也不想的，我打了通電話給巫紹堯。

姊姊吞食了過量的安眠藥，打算自殺。

我還在她的書桌上發現她的遺書，內容是她覺得自己活得太過痛苦，也覺得爸媽只要一個女兒就好，根本不要她、不要這個家，所以她選擇離開，成全所有人。

我手上捏著那張遺書，越哭越難受。

心裡悶悶的，好像有什麼東西崩塌，我真的好害怕好害怕姊姊真的離開，我真的好怕——

「憨玟，沒事的，妳姊姊一定會沒事的。」巫紹堯坐在我身邊陪著我，抱著我，安慰我，我因為有他在身邊，覺得安心不少。

當他趕來的途中已經先打好電話叫救護車，他跟救護車幾乎是同一個時間到達，我一開門，他就立刻帶著醫護人員衝到房間內，將姊姊帶出來。

那個時候我覺得，還好我還有他，還好我有聯絡他，否則我真的腦袋一片空白，根本不知道該怎麼辦才好。

「還好發現的時間沒有太晚，而且她服用的劑量還不致死，所以洗個胃觀察一天就可以回家了。但是她還有服用酒精加速藥效催化，起了嚴重的過敏反應，這個方面，我還會跟妳爸爸媽媽做討論。今天妳可以先回去了，明天再來接妳姊姊出院。」

醫生叔叔是我爸當兵時期的同梯，他是非常厲害的急診醫師，也是姊姊從小到大就崇拜不已的人。

「叔叔，我可以留下來嗎？我想照顧姊姊。」

我臉上的淚痕未乾，姊姊的行為真的嚇到我了，我以為經過昨天的吵架，我跟她這輩子都不會好了，但是看到她這樣，我真的發自內心感到難過。

「涵玟乖，今天叔叔守夜，叔叔來照顧她就好了。醫院的床都滿了，也沒地方可以讓妳睡覺休息，所以今天就先回家吧，好嗎？」醫生叔叔摸摸我的頭，溫柔的道。

「對啊憨玟，先回家啦，醫院很冷而且不好睡，明天早上我在陪妳來看妳姊。」巫紹堯也在一旁幫忙勸我。

最後我妥協離開，讓巫紹堯送我回去。

一路上，我都沒有開口說話，心裡亂七八糟，他在便利商店替我買了瓶牛奶，說回我家要加熱給我喝，給我收驚，但我的視線卻不由自主的放在冷藏區的養樂多。

雖然包裝換了，但在我國小的時候，曾經轉過兩次學，第二次轉學就是轉到跟我姊一樣的學校，姊姊當時擔心我不能適應新的生活，每天中午都會拿著一瓶養樂多到我班上給我喝，雖然拿了就走，但我知道那是因為我們的教室差別太遠，她要走一趟過來來回就接近上課時間了，為了不遲到，所以她不能和我多說。

想了想，我抓了一排的養樂多去結帳。

「幾歲了還想喝養樂多啊？」巫紹堯躺在我家沙發，翹腳喝他剛剛買的奶茶，「我歌唱到一半就馬上衝過來陪妳，是不是很夠義氣啊？」

我捧著他幫我加熱的熱牛奶，點點頭，「真的很謝謝你。」

「憨玟，妳姊姊平常對妳這麼不好，現在她發生這種事，妳應該還是很難過吧？」

「嗯。」我現在已經沒了剛剛的情緒起伏，在慶幸姊姊沒事之餘，居然開始有了生氣的念頭。

他忽然摟過我的肩膀讓我靠在他身上，伴隨著輕輕拍打的動作，我軟軟的靠著，一點也不想反抗，反而因為他的舉動，剛剛什麼生氣的想法都飛到九霄雲外去了。

「小時候，我很容易慌張，我媽就會抱著我，像這樣拍我的背，然後我就會慢慢放鬆，覺得安心。我想應該也可以對妳試試看吧？這樣妳今天晚上才能好好睡覺。」他彆扭的轉而整個人抱住我，別開臉不看我，但我一仰頭就看見他滿是害羞的神色。「沒事的啦，妳姊姊雖然對妳很壞，我不是很喜歡她，但是妳不要因為太擔心就睡不好，知道了嗎？再見！」

我還沒回答他好或不好，他已經旋風似的離開我家了。

砰的一聲，他大大力的關上我家的門，我輕輕嘆口氣，拿出手機要打給媽媽，不過還是跟往常一樣，轉接語音信箱。只要不是她回家的時間打給她，永遠都是關機模式，因為她不喜歡我們在她工作的時候打擾她。

隔天我帶著那排養樂多要去探病，結果才知道姊姊清晨醒來以後已經自己辦出院的事。

醫生叔叔看著我抱歉的說：「我阻止不了她，她現在似乎不想回家，問她什麼也不說。」

「那她現在在哪裡？」我焦急的說。

「她現在在我老家那，放心，我會定時跟妳爸媽聯絡的。」我們之間陷入短暫的沉默，當他看到我手上拿著的養樂多時，微笑問：「那是要給妳姊姊喝的嗎？我可以幫妳轉交給她。」

我點點頭，將養樂多交給他，然後問：「爸爸媽媽知道姊姊的事了嗎？」

「妳爸爸已經知道了，但是因為工作的關係，他沒辦法馬上回來看她。」

那媽媽呢？是不是還是聯絡不上？那媽媽在做什麼……

這些疑問我沒有問出口，問了我相信醫生叔叔也不知道。

步出醫院的時候下意識的抬頭想看看天空，如果看見晴朗的藍天，也許心情也會好一點，只是很可惜，天空也跟我一樣，灰灰的。

姊姊如果不打算回來的話，是不是以後那個家就只剩下我一個人住了？

巫紹堯打了通電話給我，問我人在哪，為什麼沒有叫他起床就自己跑去醫院？

我站在離我家不到幾公尺的距離，看到巫紹堯人就蹲在地上跟我說電話，一股暖意湧上心頭，連帶讓我溼了眼眶。

我也沒想再跟他多說，收了電話就跑過去，一把抱住他。

「巫紹堯，為什麼你要這樣！為什麼你就是不能別管我，讓我自己一個人亂想到死！讓我一個人孤單到死！就讓我覺得這個世界都沒人要我就好了，為什麼還要過來對我好？你知不知道我很討厭你！我真的好討厭你！」

我哭著捶打他，他也沒有反抗任我打，「都知道妳一個人了怎麼可能還放妳一個人啊？難過到傻了是不是？真的是憨玟耶。」寵溺的揉揉我的頭髮，我哭到泣不成聲。

如果可以，我現在真想毫無顧忌的吻上他的唇，把我心底想跟他說的話，通通趁著現在不知道哪裡來的勇氣一鼓作氣說出來，但是理智還是緊緊拉著我，雖然只剩下一絲絲。

他帶著我進家門，手上還提著早餐，「妳肯定什麼都沒吃就跑去醫院了吧？還想說要跟妳一起吃早餐在陪妳去的，妳這麼急是要幹嘛？妳姊又不會跑掉。」

「她跑掉了，早上的時候。」

「蛤？」巫紹堯聽到下巴差點掉下來。

「她說她不想回家，所以醫生叔叔讓她回去他鄉下的老家靜養了。」

「妳爸媽知道嗎？」我點頭。他更驚訝，「那他們沒說要回來嗎？」

我沉默。

「好啦，我會跟阿焜天天來這裡拜訪妳的，妳放心好了，在妳爸媽回來之前妳都不會孤單。」他拍拍我的肩膀，自若的咬了一口草莓吐司。

「等你們真的天天來了再說。」我面無表情的喝著奶茶，聽著電視裡發出的罐頭笑聲。

「我知道，做了再說嘛。這根本就是妳的至理名言，我怎麼可能會忘？」

我的習慣一直都是這樣，不喜歡先有期待，因為失望的感覺，很可怕。

7

「沒有人要的小孩。」

我站在自己的座位上，背對著身後的同學，她們在我背後跟其他同學討論，為什麼家長會其他人的爸媽都到了，就只有我媽媽沒來。

我跟老師說，我媽媽答應我會來，所以她今天就一定會過來！

結果等到下課，還是不見媽媽蹤影。

老師指責我為什麼要說謊，我說我沒有，但從此以後，我在班上就被說成是一個愛說謊的人。可是媽媽真的答應過我，她說要來，只是最後因為工作忙，所以沒有來。

「沒人要又愛說謊的小孩，啦啦啦——」

我不是！我不是！我沒有說謊，我從來都沒有說謊！

我睜大眼睛醒來，氣得一腳踢開面前的長桌，巫紹堯被嚇了一大跳，也從我身邊醒來。

我們兩個都在沙發上睡著了，一人占據一邊，他因為我忽然這麼大動作的把桌子踢到電視機前面，嚇了一大跳。

「妳幹嘛啊？做惡夢嗎？」說著說著，他手伸了過來。

我怒氣未消，但仍忍受他的碰觸，閉著眼睛忍受著。

「幾點了？你怎麼還在這……」恢復理智後我有些虛弱，視力模糊。

「今天是假日我沒什麼事，本來就打算空這一天陪妳啊。」

「恬恬呢？」我小心翼翼的探問。

「她好像說今天跟她朋友約好了要去逛街吧？這樣也好，以往交往的對象都黏我黏的要死，她都不會，我反而覺得很自由，更喜歡她了。」

話落，我敏感的察覺他話裡的苦澀。

其實他應該也很想要假日有女朋友在身邊陪伴吧？哪個男朋友不這麼希望呢？

「你確定這樣是好的嗎？」

「啊，什麼意思？」他剛剛似乎恍神了，像是突然想到什麼，動作很快的拿出手機打開螢幕看時間，「靠腰，已經三點半了耶！我答應我媽要幫她買蛤蜊，現在這時間不知道還有沒有。」

他邊說邊開始收拾桌上的東西，「欸，我買完蛤蜊在過來找妳，一下下就好，不會很久。」

「我沒關係……」

「我媽要煮奶油蛤蜊麵哦，我帶一份過來給妳吃，等我。」他說著說著就跑出去了，也不管我答不答應。

這樣繼續依賴他好嗎？我不是應該要放棄，脫離他才對？

腦子一有這樣的疑問，又立刻被另外一個聲音提醒；反正顏欣恬也不忠誠，何不這時候把巫紹堯搶過來，讓他變成自己名正言順的男朋友？

我的視線停滯在被我踢遠的桌子，越想越有道理。

只要告訴巫紹堯，顏欣恬之所以跟其他人不一樣，不是因為比較獨立，而是因為她在外面有另外一個男朋友，那這一切不就解決了嗎？

我低低的笑了，覺得這個計畫真是完美無缺。答應顏欣恬不說又怎麼樣呢？反正遲早也會被發現的，早點讓巫紹堯知道她是怎樣的人，不是對我更有利嗎？

我喜歡巫紹堯，也許因為我這麼做，就能好好把握這次機會跟他在一起，永遠永遠。

原本一切都已經計畫好，就等巫紹堯再度來到我家我就告訴他，結果晚上他打了通電話過來，跟我說顏欣恬在外面有急事找他，所以不能過來找我，要我別等他了，我又再度因為失望而嘲笑了自己一番。

8

星期一一早上課我就發現巫紹堯沒什麼精神，我沒有問他，他一到教室就趴著，看起來也意興闌珊，跟以前動不動就吵我、鬧我，有很大的差別。

我等著他自己跟我說清楚，所以一整天都沒有太煩他。

阿熀則相反，今天只要一下課就一直賴在我的位置上講話，還拿餅乾跟我分享，我雖然不太搭話，但他總是能夠想出源源不絕的話題跟我聊。

班上的女生有點不是滋味，有人懷疑阿熀喜歡我，說我跟阿熀還有巫紹堯是三角關係。被各種八卦圍繞，阿熀似乎一點也不在意，反而更熱烈的和我攀談。

午休結束，走廊上還沒有太多的人，因為大部分都會睡到下午第一節課才醒來，我因為自己教室旁邊的廁所擠了兩三個女生，很吵，所以我特地走到一樓的女廁。

一樓的教室更是安靜，就跟上課時間差不多，我快速的溜到廁所那邊，意外聽見裡頭傳來陣陣的嘔吐聲。

我站在廁所門口，小心的湊過去看，一個穿著紅色運動服的女孩背對著我站在洗手台，單手抓著自己的頭髮痛苦的發抖。

我皺眉，「同學，妳還好嗎？要不要扶妳去保健室休息？」

那人明顯一震，緩緩的轉過頭來看著我，是顏欣恬！

「怎麼、又是妳，嘔。」話還沒說完，她又吐了。

看起來她中午也沒吃什麼東西，湊近一看她根本沒吐什麼，但為什麼會難過成這樣？

「妳怎麼了？腸胃炎嗎？」

她苦笑，「好像有點、吃壞東西了。」

「那要不要去保健室？」

「不用。」

我才剛扶起她的手要帶她去找護士阿姨，她立刻就甩開，我被她的反應嚇到。

「對不起，謝謝妳的好意，但是我、我會自己想辦法解決。」她的眼神游移，原本要離開的腳步一頓，轉身問我：「妳真的沒把我的事情告訴紹堯？」

我搖頭。

「嗯，謝謝妳。」她溫柔的朝我一笑，腳步艱難的離開。

她離開後，我不自覺的又心虛了。天知道昨天我還很壞心的想要拿她當墊腳石，讓自己能一舉成為巫紹堯的女朋友，結果她這麼一跟我道謝，我忽然覺得昨天的自己真是個大惡人。

時間很快的過了半個月，巫紹堯真的帶著阿熀連續兩個禮拜都來我家報到，陪我吃飯、聊天，玩遊戲。有時候也會有顏欣恬，但她來的時間不多，這兩個禮拜來才看她出現四次，胡詩云跟羅志皓就更不用說了，一下課他們兩個就忙著約會，根本不想和我們混在一起。

也不知道是不是因為我真的沒把她的事情告訴巫紹堯的關係，顏欣恬現在中午來我們班吃飯，幾乎都跟我坐在一起吃而不是跟巫紹堯。

「你們兩個哪時候這麼好了我怎麼都不知道？這樣合理嗎，我才是妳男朋友吧？再這樣下去我要吃醋了喔！」巫紹堯將筷子插進飯裡，露出非常不開心的表情。

「你也可以轉過來跟我們一起吃啊。」顏欣恬笑說，「涵玟，這個假日我們出去逛街好不好？」

我咬著筷子，納納的點頭。

當巫紹堯朝我投射好奇眼光的同時，我也不曉得該怎麼回應他，畢竟如果她真的是因為我保護她的祕密所以靠近我的，那等於還是不能讓巫紹堯知道。

巫紹堯認命的轉過來我們這邊打開便當盒吃，阿熀則是因為不想跟我們擠，所以選擇在自己的位置上吃飯就好。

才剛打開便當盒，顏欣恬忽然面露難色，「今天的便當裡面有酸菜嗎？」

「對啊。」我的便當旁邊就放著一點點，但不得不說，那味道還真重。

「那我不吃了。」說完她當真蓋上便當盒的蓋子，放下筷子。

「為什麼？」

巫紹堯也看著她，不懂她忽然的情緒是怎麼回事。

「我只是討厭吃酸菜，就這樣。」她將便當推到巫紹堯面前，「紹堯，給你吃吧。你下午還有體育課不是嗎？」

巫紹堯挑挑眉，「給我吃，這樣妳中午怎麼辦？還是我去幫妳買些牛奶之類的東西墊墊胃？」

「不要好了，我想喝奶茶，幫我買奶茶就好了。」她說完就一臉憂鬱的趴在我旁邊，感覺像是不舒服。

巫紹堯離開後，我好奇的問，「妳怎麼了？」

才剛湊過去看她，就發現趴著的她腿上滴了兩滴眼淚，我心裡一緊張，放下筷子專心面對她。

「恬恬，妳還好嗎？是不是很不舒服？要不要帶妳去保健室休息一下。」

她抬起滿是淚水的面孔看我，搖搖頭，「我、我也不知道我怎麼了，就是突然好想哭。」她音量很低，似乎是刻意不讓人發現的。

「還是我陪妳出去走走，呼吸一點新鮮空氣？我們可以去頂樓，這時間上去應該沒什麼人。」我提議。

她點點頭，我蓋上便當的盒子綁上橡皮筋，她率先走出教室，而我跟隨其後。

對於我跟恬恬一起出教室似乎沒有引起太多人的注意，只有少數的幾個人發現而已。

恬恬走得很快，刻意壓低了自己的臉避免自己和其他人對到視線，一直到最後棟，比較沒人的時候才轉頭看看我跟上沒。

我一直都是小跑步跟著她的，等我到她身邊的時候已經有點喘了，「對不起，妳、妳走太快了所以我有點跟不上……」

她柔柔一笑，「沒關係，我們一起上頂樓去吹吹風吧。妳說的是這一棟比較沒人吧？」

我點點頭，「就是這裡，我們上去吧。」

這棟教室有五層樓高，樓頂我只上去過一次。去導師辦公室的時候發現紙屑沒有撿起來，被衛生組長逮住，她要我來這裡幫忙撿垃圾才發現的。

這兩個禮拜跟她的相處上都還算不錯，她很會照顧別人，那短暫浮上心頭想要戳破她的想法，就這樣淹沒在這兩個禮拜的相處裡。我好像，不小心真的把她當朋友了。

我發現把她當成朋友以後，似乎比較不容易計較她跟巫紹堯好或不好，所以這對我來說，應該能夠算是好事。

她熟練的推開鐵門，迎面吹來的風很柔和、舒服，她從一旁拿出堆在後面的椅子卡住鐵門，笑著轉頭對我說：「不然待會兒風太大，門一定會撞的吵死人。」

我笑著點點頭，她自顧自的迎風往前走，我跟在後面。

頂樓的風很大，這棟大樓的後面是一些較矮的民宅、馬路那些，她失神的望著底下的車水馬龍，手無意識的撫著自己小腹位置。

「妳肚子會餓嗎？」看她這個動作，我自然想到她午餐還沒什麼吃，我也沒什麼吃，所以很餓。

「巫紹堯回去發現我們都不在位置上，一定會以為我們在耍他。」

她朝我露出苦笑，「紹堯真的很好，他很懂得怎麼照顧人。」

我輕點頭，「嗯，他、一直都這麼好的。」

「涵玟，妳和紹堯已經認識很久了嗎，還是高中後才認識的？」

沒料到她會忽然提起我跟巫紹堯的過去，我一頓，回答也變得言不由衷，「我們是在高中才認識的，高一的時候，他坐在我前面。」

「原來是這樣，我還以為你們已經認識很久了呢。」氣氛陷入短暫的沉默，她閉上眼睛露出甜甜的笑，「涵玟，雖然這句話我已經說過了，但是我還是想要再說一次，謝謝妳替我保守祕密。」

我不自在的轉頭。

其實我不配收下她的道謝，因為我一開始也不想幫她保守這個祕密，所以她根本可以不用跟我道謝。

「不用跟我道謝，我不是妳想的那種好人。」

「妳是啊，哪裡不是？」她笑了笑，「紹堯不止一次在我面前誇獎妳，說妳講義氣而且對他很好，他希望能夠看到有個真心對妳好的人跟妳交往。雖然他這心態很像老頭子，但我看得出來，他是真的這麼想喔。」

我垂眸，淡然的揚起嘴角，心底閃過一抹苦澀。

如果巫紹堯知道我最想要的幸福是他，不曉得會露出怎樣的表情？

而此刻跟我說這些的顏欣恬，又會露出怎樣的表情呢？

「涵玟，我想在跟妳說個祕密，妳答應我，先替我保密好嗎？」

「嗯，妳說。」

「我想，月底前，我應該會跟紹堯分手。」

一聽她說完，我驚愕的說不出話來，她倒是輕揚起一抹笑，態度從容。

「為什麼？妳最後還是選擇要和那個人在一起，所以選擇要放棄巫紹堯嗎？妳怎麼敢告訴我？這可不是祕密，這會傷害到我朋友！」我怒道。

「我放不下他，我努力過，但是我放不下尚緯，所以我沒有選擇。很對不起，雖然這可能會傷害到紹堯，但我想了很久，從一開始我就不應該答應和紹堯在一起，我們兩個，從一開始就錯了。」

後來恬恬告訴我，她是因為和那個叫尚緯的男人吵架、分手，賭氣才和巫紹堯在一起的。事後那男人又希望找她復合，她實在太過喜歡他，於是還是答應了。

但這還不是最讓我震驚的，更讓我震驚的是，這整個過程，巫紹堯通通都知情。

我想到之前巫紹堯莫名其妙在教室內發脾氣，而且動不動就容易失神、好半天不理人，原來都是這個緣故。

想到這裡，我忽然一點氣都生不起來了。

——「這樣也好，以往交往的對象都黏我黏的要死，她都不會，我反而覺得很自由，更喜歡她了。」

忽然憶起巫紹堯說這句話時候露出的苦澀，其實他根本就知道顏欣恬是跟誰出去了嗎？

「雖然尚緯並不是真的很愛我，但我知道自己不能沒有他。涵玟，妳有很愛很愛一個人過嗎？」

我點點頭。

「那麼，我說的那種不能失去的感覺，妳應該也懂吧？」

我沉默了半响，小聲的回：「我當然懂。」

「我真的很愛尚緯，就算他不那麼愛我也沒關係，我會努力讓他感受到、用盡全身的力氣愛他。我相信總有一天，他一定也會愛上我的。」她的眼神平靜中帶著一抹篤定，而我也相信，她就如她所說的這麼愛那個叫尚緯的男人。

就在這一刻，我忽然好羨慕她。

雖然她說她愛的那個人不那麼愛她，但至少她們兩個在一起啊，但我跟巫紹堯呢？我是很愛他，但是他從來沒有和我在一起過，我連欺騙自己他也愛我都做不到，怎麼能不羨慕她呢。

忽然，她彎著腰，表情萬分痛苦的單手靠在圍牆上，慢慢的萎了下去。嘔了半天，還是不見任何東西從她嘴裡吐出來，我卻聽那聲音聽到自己也很反胃。

「妳還好嗎？」我站在她身後輕拍她的背，想要幫她緩解些痛苦，「我們去保健室好不好？妳這樣我真的很害怕……」

她搖了搖手錶示不用，為了要讓我知道她很好，她很快的站起來想要給我一個微笑，豈料，才剛伸直腰想要站好，又因為不明原因在我面前踉蹌，不省人事暈倒在地。

9

護士阿姨說，恬恬她已經懷孕了，三個多月的身孕，所以會不舒服、想吐。

但是我什麼都不知道，還以為恬恬只是因為天氣熱所以吃不下，中暑或吃壞肚子所以想吐。這下我終於知道為什麼恬恬一直堅持不去保健室的原因了。

當我意識到問題的嚴重性時，一切也已經來不及了。

護士阿姨堅持要告訴恬恬的班導師，還要通知家長，不論我怎麼阻止她都沒有用。

「同學！這麼嚴重的事情如果不通知家長，責任妳承擔的起嗎？」護士阿姨第一百零一次甩開我的手，滿臉不耐煩。

「拜託妳，先別說，我相信恬恬她會自己解釋清楚的。」

「我不管她要怎麼跟其他人說，我就是做好我自己的工作。」她不准我再靠近她，邊說邊翻白眼，「現在這年頭的小孩這麼不會保護自己，教育的問題又這麼嚴重，不通知家長嚴加管教，過幾天鬧上新聞又要賴說是學校的問題怎麼辦？這責任我承擔的了嗎？」說完，她頭也不回的離開。

我有點著急，這件事情居然因為我的粗心而將會越鬧越大。

緊接著一連串的事情爆發，先是恬恬還是個高中生，未婚懷孕的消息走漏，大家都開始猜測巫紹堯就是小孩的爸爸，但隨後又被推翻，因為有人目擊過顏欣恬曾跟某個看起來像大學生的男孩子在街頭擁吻，所以小孩不一定是巫紹堯的。

巫紹堯被叫到訓導處問話好幾次，每次回來都怒氣橫生。謠言一面倒的傾向顏欣恬是個壞女人，劈腿還懷孕令學校蒙羞。

為了要平息這件事情而到學校的顏父顏母，情緒激動的和校長及訓導主任在辦公室內大吵一架。整個學校天天都有人在傳最新的八卦消息，巫紹堯在事情發生以後照常來學校，大家在他面前好像什麼事都不說，但其實都在私底下偷偷進行。

我才剛轉彎要進去女廁，就聽到樓梯口那邊傳來悉悉簌簌的交談聲。

「欸欸，我剛剛收到的訊息，你們要聽八卦嗎？我有朋友認識她那個在大學的男朋友，聽說他叫郭尚緯，也唸過這間高中，是我們的學長，而且他們兩個是被介紹認識的。」

「天啊，居然是我們學校的學長嗎？」

「不只如此喔，聽說那個學長仗著成績不錯本來就小有名氣，對女生很有一套、很花心，對顏欣恬根本就不是認真的，只把她當炮友而已。聽說是她不死心，堅持要跟他在一起的耶。我朋友還說，連懷孕這件事都沒辦法讓郭尚緯對她認真，居然還要她把小孩拿掉。」

「蛤？那也太可憐了吧，劈腿就算了，還劈到一個爛人！」

「這也算是報應啦。可憐之人必有可恨之處，這句話沒聽過嗎？」

「顏欣恬他爸爸知道以後還想要告郭尚緯性侵，只不過一直被顏欣恬擋下來。幹嘛要擋啊？人家都已經這樣對她了，她還這麼忠心幹嘛？實在有夠蠢的！」

——「我真的很愛尚緯，就算他不那麼愛我也沒關係，我會努力讓他感受到的，用盡全身的力氣愛他。我相信總有一天，他一定也會愛上我的。」

我垂下眸，內心百感交集，得要極力的克制自己，才可以不上前去要她們閉嘴。

巫紹堯的心情一直都不好，整天都趴在桌上不講話，手指的關節有很明顯的破皮擦傷。

他果然是個大笨蛋啊，居然為了顏欣恬做傷害自己的事情。平常的他有多惜肉如金，現在為了自己喜歡的人這麼做，是不是表示他真的很喜歡她？

以前都是他安慰我，等到他真的需要我的時候，我居然什麼也幫不了。

阿熀丟了張紙條過來，要我拆開，裡面只寫了「拍他肩膀」四個字。

我猶豫的看向他，他一直用下巴頂向巫紹堯的方向，要我照他說的做，而我的回應只是搖頭。

阿熀嘆了口氣，將身體轉正專心上課，不想理我。

下午接近放學時間，巫紹堯像往常一樣坐在不遠處的欄杆等我掃地，雖然說在等我，倒不如說他是在發呆想事情，阿熀邊掃地邊不時偷瞄他。

「這種機會不把握，小心他又喜歡上別人放生妳喔。」

「白癡，這種時候幹嘛要提這種事情啊？」我忍不住白眼他。

這期間巫紹堯被學校的那些老師們折磨的心力交瘁，他又不是不知道。

「噗。」他噴笑，「此時不把握，更待何時？這種時候妳靠近他、安慰他就穩中了啊，還在猶豫什麼？」

「他看不上我啦。」我擺擺手，雖然嘴上這麼說，但我心裡其實很緊張。

「看不看得上不是妳說的，是他說的。不然我們來玩個遊戲，如果待會兒他先向左邊，妳就可以逃過一劫，只需要安慰他就好，但先向右邊的話妳就要過去跟他告白。」

我緊張的一縮，「你神經啊，幹嘛突然要玩這種遊戲！」

「不這樣你們兩個要玩到什麼時候？」他催促，「快點掃完他就會自己替妳決定了，這樣我才能知道結果。」

「我根本沒有答應你。」

心跳的飛快。雖然口頭上說不要，但真的不要嗎？我自己很清楚，當然不可能不要，甚至，還可能比較偏向要。

「才不管你答不答應。」他朝我吐吐舌，邊將地上的落葉掃到集中。

「那、我該怎麼做？」我抿抿唇，頓時覺得有點口乾舌燥。

「問這什麼傻話，就讓他愛上妳就對了。」他失笑。

他待在原地玩手機，有兩個女生在他背後推來推去，似乎是有什麼話想跟他說，我一愣，停住了掃地的動作看向那個方向。

站在後面的女孩撥了撥頭髮，臉上的靦腆讓人一看就知道她想做什麼。她手上拿著一份小禮物還有卡片，還沒動手叫巫紹堯，他已經先因為後頭的打鬧聲回頭了。

在這個距離我聽不見他們在說什麼，但我沒辦法克制自己不要看向那個方向。

阿焻也發現了，他要笑不笑的拄著掃把看我，「乾脆我們別玩遊戲了，妳現在就過去告白，這個提議如何？」

「白癡喔。」我很快的收回視線，「我一點也不在意。」

「妳不小心把妳安慰自己的話說出來囉。」他很壞的笑道。

「才不是安慰自己的話！」

他靜靜的看著我，臉上的笑容似乎在告訴我他都知道，我不需要向他解釋太多，他都能夠了解。

我專心的把地給掃完，回頭就只剩下巫紹堯自己坐在那了，看到我跟阿焻往他的方向走，他也跟著站起來準備要離開。我的心跳一蹦一蹦的，有點擔心他轉向右邊，又有點期待他轉向右邊，保持著矛盾的心情直到走到他面前。

他微微一笑，右腳往前踏一步，我緊張的呼吸都差點忘了。

「阿堯。」我的眼神仍盯著他的腳，阿焻接著說，「你的東西掉了。」

「啊？是喔。」於是他縮回右腳，轉向左邊，我的心瞬間下沉。

剛剛懸在喉頭的緊張差點就要溢出，阿焻說完那些話以後就若無其事的邁步走到前面，趁著巫紹堯撿東西的時候，他轉頭對我微笑，用氣音要我好好安慰巫紹堯。

他頭也不回的轉身離開，給我跟巫紹堯一個單獨聊天的機會。

「阿焻怎麼先走了？」撿完東西的巫紹堯傻愣愣的站在我身邊，看著阿焻的背影皺眉。

「他說要先去找他姊姊，讓我們先回去。」

我隨口掰了一個理由跟他說，他也不疑有他，只是面帶微笑的輕說了句是喔，就沒再繼續這個話題。

走沒幾步路，也許是笑累了，他很快就垂下笑臉，一臉陰鬱不說話。

「欸巫紹堯，幹嘛一整天都愁眉苦臉的，很不像你欸！」我拍拍他的肩膀，他將腦袋轉向我，「不然我是怎樣的？」

我假裝思考了一下，「大概就是，成天都像個喜憨兒，只會傻笑吧？」

「最好是齁。」他笑了起來，雙手插進口袋。

「反正絕對不是現在這個樣子。」

他苦笑。

「昨天，我和她通過電話了。」他又將好不容易露出的笑容收起，「她過得不怎麼好，然後那個男的還是不愛她，只願意負責拿小孩的費用。我真的好想把那菜渣抓出來打一頓，讓他知道顏欣恬還有朋友，不是好欺負的，但是她不讓我這麼做。」

我沒有回應，他又繼續說。

「說真的，我也沒料到自己會反應這麼大。要是以前的我，應該很容易就讓這件事過去，尋找下一個人吧？但是這次我卻覺得沒這麼簡單。我吃飯想著她，上學的路上想著她，打遊戲想著她，刷牙想著她，走到轉角，看到公園也想著她，無時無刻，我腦子裡面就好像只剩下她一樣！這種感覺讓我覺得陌生。」他說完撞了一下我的手臂，「欸憨玟，我這樣、是不是戀愛了啊？妳幫我翻譯一下好不好，我現在真的很想要有一台翻譯機來告訴我，這樣到底是什麼心情……」

我沉默。

有瞬間我很想告訴他；對，你戀愛了。但是我的嘴巴就好像黏上的三秒膠，突然失去了說話的能力，打不開。

雖然只是很簡單的五個字，我卻整整猶豫了好幾分鐘，這安靜也許讓巫紹堯覺得彆扭，他乾笑，「唉呦，我是不是考倒妳了啊？沒關係啦，如果妳不知道的話我可以自己想，應該，總有一天我會想到的。」

那笑容裡因為害羞的尷尬如此明顯，看著他親口對我說愛上了她，時間彷彿就在我身邊靜止了。

我停下腳步，「是啊，你愛上她了。」終於說出口的當下，我挺訝異自己心底的平靜無波，「但是該怎麼辦？她愛的是別人。就算你現在發現自己愛上她了，事情會改變嗎？如果會有改變，她當初應該就是選擇你，而不是回到那個垃圾身邊。」

他落寞的看著我，嘆口氣，「我知道，我知道妳在想什麼。不過也就是經過這次的事情才讓我驚覺，我有多麼不想失去她。不曉得為什麼，內心總有個聲音一直告訴我，如果我不把握眼前這個女孩的話我就會後悔，而且不是後悔一兩天，是後悔一輩子！一輩子耶，我真不知道這個想法哪裡來的，但是我深信不移，我真的覺得我會這樣。」

「那所以呢？你打算怎麼做？」

這個問題也許太直接了，直接到考倒他。

他的肩膀瞬間垮下，「你問到問題的重點了，我打算怎麼做。」深吸一口氣，他繼續說：「我爸曾經跟我說過，愛她就是包容她的一切吧？那既然她已經決定要把小孩生下來扶養，如果她不介意的話，那我也可以陪她照顧小孩啊。」

聽到他這麼說，我幾乎在瞬間就皺起眉頭。

但他不同，說到這，他的眼睛亮了起來，自顧自的拍掌，興奮的說：「對耶，我怎麼沒想到！與其被她拒絕在千里之外，我可以陪著她一起度過這次的難關啊！就算那小孩不是我的，至少也有一半是她的吧？我怎麼那麼笨啊！」

他的情緒起伏轉變太大我跟不上。

轉眼間，他用著重新找到人生光輝的雙眼看著我，伸手抓住我的，響亮的說：「哇，憨玟，我真的不知道該怎麼謝謝妳耶！妳居然讓我想到這麼一個好辦法！」

「我、什麼忙也沒幫到。」我被他捏的手有點痛了，但是他沒有發現。

「我終於知道該怎麼做了！愛她就是包容她，走進她的世界照顧她，讓她知道、感覺到自己不是孤獨的，沒錯吧？這幾天跟她通電話，講到我的心都快死了，我真的好難過，看到她過得這麼不好，還因為懷孕的關係一直吐，真的很心疼。那以後就由我來照顧她！」

說完他放開我的手，往前跑了幾步後回頭看我，「我從來沒有過這種感覺，記得我上次跟妳說過的嗎？我真的覺得她就是我的真命天女。既然這號人物出現了，我當然不能坐視不管對不對？」

他下定決心似的握拳，「好！我現在就去跟她說，我要親口、當面跟她說，讓她知道我不會因為這件事離開她，我不會再讓她推開我了！」

「巫紹堯……」我細如蚊吶的對他苦笑，心底的複雜終於開始攀升。

「祝福我吧憨玟，我終於知道該怎麼做了！幫我祈禱，祈禱她待會兒接受我哦！」

他愉快的說完這段話後便很快的跑走了，夕陽將他的影子拉得長長的，他臉上興奮的表情我幾乎沒有看過，平常時候的他都是溫溫的，很柔和，沒想到他也有為了一件事想拚命努力的時候。

剛剛那兩個女孩子送他的卡片掉到了地上，那是封加油信，還留了自己的聯絡方式跟臉書，目的就是要跟巫紹堯拉近關係。

我將那封信撿了起來，在他離開以後，難受的情緒才姍姍來遲，不快不慢的，卻足以將我淹沒。

麻木了嗎？這樣反覆的心情，因為他的變化莫測，還是麻木了嗎。

笑著笑著，忍不住哭了。

也許是因為以前的他看起來遊戲人間，所以雖然他一直換女朋友，我也總覺得自己還有希望。但這次不同，我能感覺到，巫紹堯那傢伙是認真的，他認真的想要把握跟恬恬的關係、想要照顧恬恬。

明明是好事，為什麼我開心不起來？為什麼我恨不得打翻身邊所有東西！

好想任性一回，不想當什麼成熟的人，隱藏自己的內心，成全別人。我不成熟，我根本不想壓抑自己喜歡巫紹堯的感覺，為什麼巫紹堯就是沒辦法看見我？

我無法克制的站在原地尖叫，緊緊握住拳頭，憤怒快要淹沒我的理智！

一直以來我都是等待的那方，現在居然還要看著他跑向自己的幸福，我如果不是蠢，就是真的沒救了。

我、沒救了。

一個人緩緩朝我走近，伸手將我抱進懷裡，輕拍我的背。

我一怔。

「你不是先回家了嗎？」一發現是阿熀，整個人的警戒也跟著提高，眼淚也漸漸自眼眶退去。

他看了看我防備的表情失笑，「妳真厲害，居然一秒收起眼淚耶。」

我哼的一聲撇過頭，退了一步，退出他的懷抱。

「我、要先回家了。」擦掉仍掛在臉上的淚水。

「我姊姊昨天做了點起司蛋糕，上次的蛋糕妳一口都沒有吃，她很傷心呢。怎麼樣，今天想吃蛋糕嗎？」

我皺著眉頭彷彿看見世界末日，「可不可以外帶？」

他則回我燦爛的笑容，「不行。」

10

這是我第二次來到他家，房子裡的裝潢還是雅緻，卻再也提不起我的興趣。

我一個人坐在沙發上，阿焜到廚房切蛋糕，他姊姊今天不在家，去同學家看電影，所以整個大房子就只有我們兩個人。

「我姊說不能放柯林姆一家出來玩，但是我捨不得。」

隨著他說話的聲音傳來，好幾隻爪子著地奔馳的聲音也接在後面而出。我看見一整群的小柯基搖著屁股朝我衝過來，笨拙跑步的樣子實在讓我捏了把冷汗，其中還有一隻跑一跑自己歪一邊摔倒，我瞬間噴笑。

比牠們都晚出現的媽媽果然是媽媽，她一出閘就衝第一個，腿算是最長的，所以也跑最快，不到幾秒鐘的時間牠已經飛撲到我身上，對我又親又舔。

不，我對這種攻擊真的沒半點招架能力，只能一直死命將牠往外推。

阿焜拿著蛋糕出現在客廳，似是發現我的難處，笑笑的命令，「柯林姆！坐下！」嚴厲的聲音傳來，原本機動在我身上跳來跳去的「柯林姆媽媽」立刻聽話的跳下沙發，端正的坐好。

小柯林姆們通通圍在牠身邊打轉，看起來超滑稽可愛。

「還好我姊訓練的好，否則妳應該連蛋糕也不用吃了。」他將蛋糕推到我面前，「為了賣相好，我還磨了點檸檬葉，妳吃吃看香不香。」

我一看，那上頭果然多了點綠綠的碎葉點綴，看起來真的很像外面賣的小蛋糕。

「為什麼我有兩塊？」

「補上次妳沒有吃的份啊。如果我姊回來聽到妳吃了兩塊蛋糕，她一定會很高興。」他笑嘻嘻的說。

我看了蛋糕好一會兒，總覺得這好像是某種計謀。仔細比對我跟他的蛋糕也有差別，我的已經兩塊了，還是很大的兩塊，他的就很小一塊。

「你不喜歡吃起司？」

他又起一口蛋糕咬了咬，面無表情的轉開，對著空氣言不由衷，「沒有啊，我超愛吃的。」

聽到他的回答我忍俊不禁，「騙人。」

「說到這個，我姊姊自己愛做蛋糕又不愛吃，怕胖幹嘛又要做這麼多？不想吃也可以拿去送給同學，幹嘛非得要逼我吃完它？真的很惡劣。」他滿是抱怨的開口碎念，完全沒有平常那種溫文有禮的樣子。

我點了點頭，「所以是姊姊做了你不愛吃的起司蛋糕，你又一定要吃完，所以拉著我來你家吃。是這個意思嗎？」

他咧嘴笑道，「差不多是這樣。妳如果在繼續這麼善解人意的話，總有一天一定會變成我肚子裡的蛔蟲的。」

「我沒興趣變成那麼噁心的東西。」

其他的小狗狗都跟著柯林姆媽媽在一旁玩鬧，就只有柯林姆一號繞到我腳邊，嗅了嗅，過沒幾秒鐘便趴了下來，倒在我旁邊翻肚子。

我靜靜的看著牠興奮的朝我汪汪叫，微微一笑，伸手揉了揉牠的肚子。

好半天阿焜都在我對面沒有聲音，我好奇的抬頭，對上他哀傷的眼睛。

「那妳接下來該怎麼辦？」他深吸了口氣，偏頭問。

我微愣，在下一秒聽懂他的話。

「……能怎麼辦？」我苦笑。

「等待？還是遺忘？」

我搖頭。

這個問題我根本沒有答案。

「這其實只是時間的問題。通常妳還沒有做好決定，時間已經替妳揭露解答了。」

「那你幹嘛還要問我？」我皺眉。

「因為我好奇妳比較期待哪一個。」他又沉默了一下後說：「妳有幻想過交往應該是什麼樣子的嗎？比如，牽手？或者想要兩個人一起做的事。」

「為什麼這麼問？」

「忘記聽誰說的，或許每個人對愛情的遺憾，就是自己在腦子裡構想了很多想跟對方一起完成的事，最後卻沒有實現吧。」他聳肩，笑了笑，「我剛好也有想要和某個誰一起完成的事，要不然我們一起試試看好嗎？」

「你想要完成什麼？」

「在她的想法裡，情人節就是該有巧克力、手工卡片。我想跟她一起去公園，漫無目的的遊盪，聊些無關緊要的事。妳呢？」

只要稍一想到我曾經的幻想就會緊張。

「我想要和巫紹堯一起牽手過馬路，總覺得有他牽著我才比較有安全感。」我低頭一笑，「我有跟你說過巫紹堯國小當過糾察隊隊長嗎？那時候的我超害怕過馬路，總覺得車很多很危險，但是他不同，他明明跟我相同年紀，卻總是站到最後，讓我覺得他好勇敢。」

「我小時候被機車撞過，我爸第一時間發現我被撞倒在地，卻只是生氣的指責我隨意衝出馬路，而不是先查看我身上的傷。」

「你爸真嚴厲。」

他微微一笑，將話題轉回剛剛討論的事，「她還想跟我一起看愛情片，但是這件事我們已經有過了，所以畫掉。」

「那天這樣能算嗎？」

「在我心裡也算，因為我們是坐在一起看的。」

想到那天，我又不由自主的回憶起當時的場景，包括顏欣恬對我說的話……

「每次當妳這樣沉默的時候，表情真的和倪晴一模一樣。」

我抬頭看著他，他也專注的看著我。

接著他從自己的位置起來，走向我，坐到我身邊。

「對不起，我沒其他意思，能不能請妳讓我抱一下？十秒就好，拜託。」

不曉得是不是我的錯覺，近看後，他的眼神透著薄薄水光，卻強忍著。

我點點頭，沉默不語，任由他輕輕將我攏進懷裡，像是怕嚇著我那樣溫柔。

「謝謝妳。不管是接受我魯莽的建議，或是現在出借妳的身體讓我抱著，都讓我無盡感謝。」他靠在我肩上，安靜的說。

那天我們說好，成為彼此此刻的依靠，他會陪著我走過這段艱難的時間，我也會陪著他，完成他想完成的事。

我曾幻想過哪天巫紹堯下定決心離我而去的樣子，當天晚上我就作惡夢了，從那以後我就不敢想，任何有關巫紹堯會從我生命中消失的想法我都不敢想，只是最後，這天還是朝我走來。

我有預感，我這幾天應該都別想要好好睡覺了。

隔天巫紹堯告訴我他成功了一半，因為顏欣恬沒有正面答應也沒有不答應讓他陪在她身邊。他好像中樂透一樣，跟羅智皓還有胡詩云講的時候一點也不在意他們兩個的怪異眼神。

「妳知道阿堯去追回顏欣恬了嗎？」

我上完廁所出來就看到胡詩云站在鏡子前面梳頭髮，她看了鏡子裡的我一眼。

「我知道。」我走到鏡子前開水洗手。

「妳沒有阻止他嗎？妳怎麼每次都不懂得在對的時間出手啊？而且這次還讓他去做這麼扯的事情。對象是顏欣恬耶，那個女的劈腿又懷孕，巫紹堯竟然還要！」

「大概就像巫紹堯說的，是真愛吧。」

「妳瘋了嗎？怎麼連妳都講這樣的話啊？妳不是喜歡巫紹堯嗎，這時候該是妳出動的時候啦！班上的人都支持妳去把他搶回來耶。」

我冷冷的看了胡詩云一眼，「支持我搶回來？我為什麼要這麼做？他們兩個如果互相喜歡，巫紹堯如果能因此過得開心，我為什麼要把他搶過來，自己找罪受？」

我永遠都不會忘記，當初最反對我跟巫紹堯在一起的人就是她，現在她出現在這裡給我這個莫名其妙的建議，我又怎麼會聽得進去。

「妳是怎麼了啊，妳不是一直都很喜歡巫紹堯嗎？我只是給妳一個建議啊，不想聽也可以不要聽。」說完胡詩云就甩著頭髮離開廁所，徒留我的一個人站在原地。

「嘶——」手指甲附近傳來一陣刺痛。我看了看自己又再度染滿鮮血的雙手，面無表情的將雙手伸到水龍頭底下沖刷。

我不是不想把他搶回來，而是，如果原本就不是屬於我的東西，搶回來又有何意義呢？這也是我一直都在等巫紹堯的原因。我希望是因為他發現自己喜歡我，所以靠近我，所以跟我告白，而不是我去把他搶過來——我不想用搶的，我想要他原本就是我的。

巫紹堯現在只要中午的時間一到就會消失，有傳言曾經看過他一個人偷偷摸摸的鑽進體育場後面那條沒人會去的小路，為的就是跟顏欣恬一起吃飯。

會有些無聊的人拿這件事來問我的想法，只是我都沒回答居多。

漸漸的，班上的女生將目標都轉移到木下日熀身上，隨著目光的轉移，我又再度成為焦點，原因是阿熀現在中午都會到我旁邊陪我吃飯。

「反正現在巫紹堯每個中午都不在啊，我就只好來這裡充當護花使者了。」他笑嘻嘻的坐在巫紹堯的位置上，咬著筷子。

胡詩云和羅智皓則因為巫紹堯不在班上吃飯，跟我也越來越少有交集。

「嗯。」我打開便當，泰若的夾了肉片起來吃。

「多虧有妳，昨天起司蛋糕吃光讓我姊很開心。」他說。

「昨天吃太多起司蛋糕讓我的胃有點不舒服。」

他驚訝，「我也是。沒想到妳也對乳製品敏感啊！」

「我也是第一次知道。」帶著些許責備，我望了他一眼。

如果不是因為他昨天讓我吃了這麼多起司蛋糕，我也不知道自己對起司會有反感的一天。也罷，反正下次他再說有起司蛋糕我別去就好了。

他笑了笑，往我面前放了張紙。摺得很整齊，甚至散發淡淡的清香。

「這是什麼？」我看了一眼，沒有想要打開來看的意思。

「妳拿起來看啊。」他將信紙又推到我面前一些。

我狐疑了一下，最後放下筷子，動手打開那張信紙。

裡頭是滿滿的景點跟計畫書，最上面的大標寫著「交往守則」，旁邊點綴了幾個很可愛的小人物。清秀的字跡讓我下意識就認定這是女孩子的字體。

「這是誰寫的？」

「小晴寫的。我想我們周末可以開始實行，按照這上面說的一個一個做。」

我又將視線調回那張信紙上，面無表情的從上面的第一條「無時無刻，走到哪都要手牽著手」，看到最後一條「上了大學以後要單獨到山上看夜景」。

「大學？她已經規劃到大學了？」我訝異。

「這是她每個年齡層想要做的事，但沒差，我們可以一次做完。」

「那她呢？你找我做這些事情，她知道嗎？」

「她知道啊。這是她告訴我的方式，她自然知道了。」他伸出手，「要不要先試試看守則第一條。」

我看了幾秒，最後面無表情的伸出自己的手扣住他的。

我們兩個公然十指緊扣，班上的人立刻就注意到，並且爆發激烈的吵雜聲。女孩子的哀號抱怨，男孩子的叫好讚好引來周邊班級的圍觀，不一會兒，我們旋即變成公眾情侶。

原本沒想太多的舉動，卻反而因為周圍的喧嘩拉回自己的注意力。

巫紹堯回到教室就看到一群人在我們身邊鼓譟，他也笑嘻嘻的靠了過來。

「你們兩個交往了？靠，我一上來就聽到智皓跟我說了，真是看不出來欸！恭喜妳啊，憨玟。」他笑著，拍了拍我的肩膀，「能照顧妳的那個人總算出現了，我也終於可以功臣身退啦！」

那時候的我很想問他，「你這麼說，好像早就想要「功臣身退」只是沒有開口？」但是我忍住了，一直以來我都可以掩飾得很好，這次當然也不例外。

我不想解釋，也懶得跟他解釋太多，所以草草的放開跟阿焜握著的手，埋頭吃飯。

放學的時間一到，我還是下意識就開始搜尋掃地區域附近有沒有他的身影，但除了第一天下課巫紹堯仍在那以外，漸漸的漸漸的，要看到他都變得比較難。有時候兩天看到一次，有時候三天，更長一點一個禮拜。

好像每天下課，他都會用最快的速度衝離學校，讓人找不到。連要到學校我都很少看到他出現在我們平常相約的巷子口，跟我一起上課了。

白天在學校阿焜都會來找我說話，就好像真正的男朋友那樣，下了課還會陪我到某個特定的路口話別。但是一到夜晚，我就是掛在線上，看著他始終顯示幾個小時前上線，什麼事也沒辦法做。

空蕩蕩的客廳跟房間，家裡一個人也沒有，我止不住自己亂想些有的沒有的，常常一回神就發現時間又恍然過了幾個小時。

在我覺得自己忍耐的程度快要逼近極限的時候，媽媽回家了，她對於姊姊不在家這件事的反應不大，看到我也沒有太開心的反應，飯桌上罕見的擺好了飯菜以及兩副碗筷。

「媽，妳吃了嗎？」我看了看桌子，又看了看坐在沙發的媽媽。

「吃了。」她不發一語的看著自己買的雜誌，沒再繼續跟我搭話的意思。

走到餐桌邊看了一眼，有我喜歡吃的菜，也有姊喜歡吃的，我突然很好奇，媽知道姊姊今天不會回來嗎？

「媽媽，我上次打電話給妳，妳沒接，那妳知道姊姊……」

「妳知道我工作很忙，沒辦法一天二十四小時都等妳們電話吧？有什麼小事情要學習自己解決，我之前不是告訴過妳們嗎？」

「知道……」

「知道就快點吃吧。」

她朝我看了一眼，這時我終於知道了，她還不知道姊姊的事。

為什麼爸爸沒跟媽媽說？他明明答應了要跟媽媽說的。

明明今天家裡有人了，為什麼我卻感覺更加的寂寞……

草草的吃飽飯後將碗拿到洗碗槽洗好，打開烘碗機烘乾，當我走出廚房才發現媽媽已經坐在沙發上睡著了。看到她略顯疲倦的側臉，我站在原地什麼氣也發不出，最後懊惱的走回房間，關上門，滾上床，把自己包進棉被裡。

隔天一大清早我就被媽媽搖醒，棉被一把被掀開，「妳姊呢？為什麼整個晚上沒有回來！」她怒氣沖沖的，臉上還依稀看得到黑眼圈。

很明顯媽媽等了姊姊一整晚。

「我昨天晚上就想跟妳說……」

「為什麼妳姊姊整個晚上沒回來！」不等我回應，她歇斯底里的衝出房間，手裡還抓著手機，電話一接通就在客廳大叫：「吳世淵，你女兒一整個晚上沒回來，到底發生什麼事！」

「什麼？發生這樣的事你怎麼沒有告訴我！」她持續對著對話咆嘯，「是我沒聯絡還是你沒聯絡！說得好像是我的問題一樣，你又好到哪裡去！」

「冷靜？我該怎麼冷靜！這個禮拜應該是你跟女兒聯繫，別拿女兒是我生的說事，只有我一個人生的出來嗎！該冷靜好好想清楚的不是我，是你！你這個混蛋！」

隨著媽媽的大罵，手機也被砸到遙遠的一端，撞上了玻璃門。

「吳涵玟，妳姊姊去哪了？妳是不是知道！」

我點點頭，有點害怕的發抖，「姊姊現在、在醫生叔叔的老家養病。」

「她生什麼病，為什麼要到那傢伙家裡養病！」媽媽已經壓力大到一個邊緣，雖然平常看起來總是很冷漠，但其實生氣起來非常火爆，總是得要把家裡都轟炸一圈過後才會罷手。

「我不知道，姊姊好像是因為考試沒有考好，所以就……」

媽媽沒有再看我一眼，匆匆抓了包包就往醫院去了。

姊姊和媽媽的脾氣幾乎是一樣的，她們兩個如果在那樣的情況下碰面，一定會吵得更兇。但是我沒有能力管那些，也不想再花心思管那些，只是木然的盯著自己露出棉被的腳趾頭。

如果繼續待在家裡，也許就會遇到媽媽扯著姊姊進家門大吵，到時候我肯定也躲不掉，只是留著當炮灰的份。

想了一下以後，我決定今天一定要待在外面，只是不想去學校，所以我翹課了。

過了早上第一節課的時間，我的手機很快就響了，沒有儲存的聯絡人。

「喂……」我接通了電話，那頭很快的傳來問題：「妳在哪裡？怎麼沒有來上課。」

「……你是誰？」

「我是阿熀。因為早上發現妳沒有出現在便利商店，所以我現在人還坐在這裡。」

「你、怎麼有我的電話？」

「現在重點是這個嗎？妳在哪裡，為什麼要翹課？不知道無緣無故脫離原本的生活步調就容易讓人擔心嗎！」他的話有些銳利，明顯在壓抑自己的怒氣。

明明知道自己翹課讓人擔心也不對，但一早就莫名其妙的被人兇了兩次，那心情實在不會太好。

「我人在外面吃早餐。雖然我答應要跟你一起完成那些事情，一起忘記，但你可不是我的男朋友，我們就只是朋友而已，希望你別入戲太深，對我有過多的管束。」

他沉默了一陣，我聽到他嘆了口氣，「對不起，我可能剛剛太擔心了，希望妳能原諒我。」

面對他的道歉，我也不曉得該接什麼話，只能選擇安靜。

「妳在哪裡吃早餐？我也還沒吃，很餓。」他軟軟的說。

「……學校附近的漢吉。」

「嗯，待會兒見。」

掛完電話，手機沒有其他的來電或訊息，我想姊姊跟媽媽應該還沒碰面，如果她們碰到面了，姊姊不可能到現在還沒有半點消息，肯定會打來把我臭罵一通，怪我把她的行蹤洩漏給媽媽。

看來還要晚一點才會發生。

他很快就到了，一來就先將書包甩在桌上，然後到櫃檯跟阿姨點餐。

瞧他一臉風塵僕僕的樣子，像整路都用跑的過來，看著我的眼底仍帶著淡淡的責備。

「妳早就已經想好今天不上課，還是發生什麼事？」

我垂頭，「什麼事也沒有發生，只是覺得今天天氣這麼好，待在教室裡太可惜了。」

他沉默不語。

不一會兒早餐送過來了，他想也不想的就咬了大大一口，彷彿很久沒有吃到東西似的。

「你很餓？」

「妳說呢？誰害我到現在才吃的，居然還敢這麼問。」

「說的好像是我拜託你等我的呢。」我冷冷的說。

他面對我的態度似乎有些動怒，「如果不是因為我把妳當朋友，知道妳最近可能比較脆弱，那妳今天有沒有來學校、為什麼沒來學校也不關我的事。」

我無言以對。

其實我也知道他是好意，但不曉得為什麼，那樣的態度跟語氣就是衝口而出，明明不該對他這樣的。

我們兩個對坐，好半天不說話，我開始覺得有點尷尬。已經過了該道歉的時機，這時候如果說了對不起，感覺似乎更加奇怪。

於是我起身，掏出錢包把我們兩個的早餐費用結清。

當我們走出早餐店時，阿熀顯然心情變得不錯，「剛剛的請客我就當作是在跟我道歉了。吳涵玟，妳啊，真是不坦率。」

我沒說對或不對，自顧自的往前走。

我們走了半天，在巷子裡拐來拐去，最後居然又繞回了早餐店

「妳想去哪裡？」他問。

「不知道。」我納悶的盯著早餐店招牌。

「那剛剛是走錯路了嗎？」他狐疑的跟著看了早餐店一眼。

「……不算是。其實我亂走的，根本沒有想到要去哪，也不知道要去哪。」

我們兩個沉默的站在路口，他似乎被我的回答弄懵了。

「真是的，虧我還相信妳跟著妳走了那麼久，現在想起來真的很白癡耶。既然不知道要去哪，就跟我來吧！」他笑嘻嘻的拉住我的手，跑到一旁的公車站牌看了看。「這台好像有到海邊，對吧？」

我驚訝的張嘴，「到海邊幹嘛啊？」

「現在這時間到海邊剛好，又涼又沒人，妳怎麼那麼笨啊！」

「但是，去海邊然後呢？我們要幹嘛？」

「那不然妳說要去哪裡啊？」我搖頭，他笑道，「那不就對了？難得翹課，大清早的出門當然要去遠一點的地方。別囉嗦，車來了，我們走吧！」

上了車，果真什麼人都沒有。已經過了上課時間，學生連遲到的都進教室了，我們還在這混，難免會遭到旁人的懷疑。

「你快點穿好外套好不好？不覺得很多人在看我們嗎。」我小聲的碎念，他倒是樂呵呵，完全沒把那些快把我們瞪穿的老人目光放在眼裡。

面對那麼多人質疑的目光我緊張得很，他還泰若自如的和我討論沿途風景，一點也沒有為此困擾的樣子。

車子越開越荒郊，老人們也一個個都下車了，到最後，甚至整台車子只剩下我們跟兩三個人仍在車上。我們的目的地是最後一站，車子開到我一度睡著，最後還很糗的被他搖醒。

「到了，別再流口水了。」

我嚇得直接伸手抹自己的嘴角，他成功騙到我以後笑著跑下車，我瞪著他的背影不滿的嘖了一聲，最後在司機疑似催促的目光中快速離開。

海風呼呼的吹，這裡就好像他說的一樣沒什麼人煙，只有剛剛和我們一起下車的兩個人走在我們前面，他們像是要來海釣的釣客。

「走快點啊，太晚的話就會很熱耶。」他催促。

「你自己要來海邊的。」

真不是我在說，公車停靠的地方和他要帶我去的地方仍有段距離，我們走在筆直的路上，我好半天看不到盡頭，忍不住有點擔心。

才剛想開口問他，他已經閃進一旁的草叢中消失。我大驚失色，很快的跑到他消失的那個方向，發現有個小小的通道，而他就走在前面。

「喂，你別亂走啦。」一旁的芒草高過人，我實在有點害怕。

「我才不是亂走，這裡我來過兩次了。」他頭也不回的說。

兩次還敢講這麼大聲！

這裡我也不是沒有來過，前面就是小時候爸媽帶我來的海水浴場，只是他彎進來的這裡跟我熟悉的路徑差別太大，讓我放心不下。

「到了。」他撥開擋在前面的雜草，我看不見他的表情，但聽他的聲音，似乎帶著笑意。

我鑽到他身邊，撲鼻而來的海水鹹味讓我皺了皺鼻子。

早晨的海景美得讓我一瞬間有點迷失，但之後我很快的就發現，這裡沒有人，半個人也沒有！

他面露微笑，不管我有沒有跟上就逕自走到前面去，張開手擁抱風。

扶著芒草的手感覺有點癢癢的，定睛一看才發現那上頭幾乎爬滿螞蟻，嚇得我幾乎是用跑的跑到阿焜身邊。

他仍然沉浸在自己的世界當中，張著手，他問：「欸吳涵玟，妳知道，魚跟鳥誰比較自由嗎？」

我認真的想了想他的問題，最後聳肩，「應該是鳥吧。因為鳥可以在整片天空飛翔，而且翻看任何一本書的形容，都是說鳥代表自由。」

他莞爾，「我也覺得是鳥。但是她覺得魚比較自由。」

我現在也不需要問他口中的「她」是誰，聽他說了這麼多次，也從來沒有再提起過其他人，所以我就認定他說的她，永遠都是在指倪晴。

「那為什麼她會覺得魚比較自由呢？因為魚擁有了一整片的海洋？」我問。

「她說的只是一個冷笑話啦，一直到最後我才知道。她說於是自由，魚就是海裡的那個魚，只是取諧音，所以魚是自由。」

「真的滿冷的。」伴著海風，雖然我笑了，但也不免被冷出幾層雞皮疙瘩。

「妳聽過小美人魚的故事吧？那妳有聽過小丑魚的故事嗎？」我搖了搖頭，他笑說，「小丑魚原本是個生活在美麗海草與珊瑚之間的快樂小魚，牠每天都和同伴在珊瑚間嬉戲，日子過得愉快而且愜意。有一天，牠們的海域闖入了一隻美麗的海豚，小丑魚從沒見過海豚，於是非常興奮的和牠打招呼、邀牠一起來珊瑚玩，沒想到海豚卻拒絕牠了。」

海豚說牠必需要快點回到同伴身邊，因為牠迷路了，小丑魚告訴牠別擔心，這裡是個美麗的樂園，就算沒有回到同伴身邊，牠也會愛上這裡，久了就不想回去了。

海豚驕傲的看了看小丑魚生活的環境，笑說，雖然小丑魚的家有美麗的珊瑚跟海草環繞，但牠仍然最愛溫暖的陽光跟家人在海平面跳躍嬉戲。

小丑魚並不覺得陽光有什麼稀奇或值得喜歡，也完全聽不懂海豚在說什麼，於是海豚便花了些時間告訴小丑魚，這個世界上有比在珊瑚間嬉戲更有趣的事。

海豚答應小丑魚，如果自己找回家人，一定會帶小丑魚去體驗自己的快樂。

牠們一起生活了一段時間，漸漸的，小丑魚愛上了海豚，開始好奇海豚存在的世界會是什麼樣子？於是海豚帶著牠來到海面，讓牠體驗海豚的生活。小丑魚因為海豚的帶領，也愛上了陽光和溫暖的海水，愛上了和海豚在海面上跳躍的自由。

終於有一天，海豚的家人發現了海豚，於是海豚便跟著家人快樂的離開了，小丑魚很失望。日子一天天的過去，牠發現自己非常的想念海豚，於是經常會自己游到海面上，模仿海豚跟牠一起跳躍的樣子。

一天兩天，一個禮拜一個月，日子就這麼過去了，海豚沒有再回來找過牠，牠也越來越憔悴。牠覺得海豚就是自己的自由，於是下定了決心，要去尋找海豚。

「之後呢？」

「牠什麼也沒找到，牠覺得自己失去所有，再也無法開心起來了。」他垂眸，「難過的小丑魚沒辦法和同伴在珊瑚間愉快的嬉戲，因為牠無法忘記海豚給牠的快樂，最後將自己的心綑綁，埋進深深的海底，離開了。」

聽到離開兩個字眉頭深深皺起，難過得化不開，心酸酸的。

「這故事是誰告訴你的？」

「是倪晴說的。她說，自己就像那隻小丑魚一樣，離不開海豚，但是海豚是自由的，怎麼能因為牠所以留在珊瑚礁呢？」

「有海豚的地方才有自由……」我吶吶附和。

「應該說有愛的地方才是小丑魚要的自由。愛上了不該愛的海豚，最後只能做最糟糕的選擇來遺忘了吧。她跟我說完這個故事以後，就說……她想當那隻自由的小丑魚。」

「小丑魚其實還是能快樂的在海底優游，過牠的珊瑚礁魚生，怎麼就那麼傻呢？」

「人生的選擇就像是交叉口一樣，每天每天，都要做無止盡的選擇。站在岔路口，誰沒有疑惑過呢？轉個方向就能海闊天空，這句話如果真的這麼簡單，就沒有那麼多悲傷了，不是嗎？人往往都是站在第三者的角度，不明白當中的苦痛，所以才能簡短的下註解的。」

「我是不是也差一點，成為了小丑魚。」我看著海面說。

他沉默沒有回應。

我們就在那坐了一整個早上，直到太陽曬到受不了為止，他才心不甘情不願的帶我去等公車，準備踏上歸途。

「我姊姊又做了蛋糕，要來我家吃嗎？」

「不要，我今天沒有心情。」

沿途我們都很沉默，兩個人都沒有特別要找話說的意思，我猜是因為大海勾起了太多他和倪晴的回憶，害我也跟著懷念起和巫紹堯第一次來海邊的時光。

沒什麼特別的，我還記得那次是他第二次失戀的時候，要我陪他去踏浪，所以我們兩個也挺狼狽的在下了課搭上公車，來到這裡。

「妳的手怎麼又多了新的傷口？」

我轉向他，發現他視線不動的盯著我的手指，我慌亂的將手盤在胸前，「沒什麼。」

他看我的反應，聰明的沒有多問，就算問了我也沒有打算告訴他。

下了公車後，接踵而來的吼叫聲讓我們駐足，我一轉頭就發現對面拉扯的身影非常眼熟。

那兩人正是我親愛的媽媽以及姊姊——

我幾乎是當下就立刻丟下阿焜朝她們衝去，腦中的想法也沒有別的，就是把她們拉開，顯然旁邊已經有很多人這麼做了。

我扯到的是姊姊的手，當然我很快就被甩開了，她沒發現是我，只非常專注的在和媽媽搏鬥，關於爭取自由這件事。

看到這情況，阿焜也立刻加入戰局，要將我媽媽跟姊姊拉開。

果然男生的力度就是不一樣，抓著姊姊的手讓她甩不開，但姊姊仍拚命的拉扯，動作大到他快招架不住。他也不敢去拉媽媽，只能一直不斷重複要她們都冷靜點，但媽媽在失去理智的情況下怎麼可能聽得進去。

「跟我回家！一個女孩子住在男人家裡成何體統！」

「關妳屁事，妳平常根本就不管我們，這時候還在扮演什麼慈母？我的事情不需要妳管！」

「妳說什麼！混帳！」

聽到我姊這麼說，我媽完全被激怒，手舉高作勢要賞我姊巴掌，阿熲也發現了，在沒別的辦法之餘，他閉上眼，憋緊臉湊過去，讓我媽狠狠的賞了他一記耳光。

啪的一聲，清脆響亮。

這一連串的動作幾乎在幾秒鐘之內就完成，連閃都不知該往哪閃。

我媽被自己打錯人這件事嚇到維持原本的姿勢，我姊也是，四周圍的雜音跟著那下巴掌停止，停在這令人尷尬的一刻。

「那個、大家都冷靜點，好嗎？」阿熲單手摀著臉，吃疼的看著我媽說。

姊姊是第一個回神的人，她趁著眾人都把注意力放在阿熲身上之際，俐落的掙脫阿熲握著她的手，想也不想的攔住一台計程車就走。慢了半拍的我媽追了上去，扯著喉嚨對著計程車後頭叫囂！

「妳敢走就永遠別給我回來！回來我也不認妳是我女兒，聽到沒有！」她吼完仍站在原地，動也不動的看著那台計程車駛過下一個紅燈離開我們的視線。

過了不久，我看到媽媽很快的抬手抹掉她臉上的淚。

她仍然沒注意到後面的我，也沒來找阿熲道歉，垂著頭就往回家的方向走去。

「她是誰？」阿熲問我，我抬頭朝他輕哂，「她嗎？是我媽。」

一聽到我這麼說，他驚訝的不知如何是好，「那、剛剛那個女生是……」

「我姊。」我安靜的解釋完，轉過頭看他，「剛剛很對不起，我媽打了你一巴掌，下次我有時間在賠罪好嗎？你剛剛不是說你姊有做蛋糕，能不能拿一點給我帶回家？」

「妳要幹嘛？」

「我媽愛吃甜食，所以我要拿給我媽吃。沒辦法，現在這情況我一定要回家，但我一回家就會被她發現我沒去上課，這時候如果有甜食可以頂一下，應該不至於太慘。如何，可以嗎？」我看向他。

他笑笑，「要多少有多少。」

11

姊姊和媽媽從我小時候開始就很常吵架，但通常我都只會負責遞給我媽衛生紙，然後被媽媽轟出房間外。

再度面對那扇門，我可以聽見裡面摔碎東西的聲響，還有我媽的哭泣聲。手還握在門把上，但這次卻沒有以往的勇氣，不能毫不猶豫的打開。

長大以後我漸漸知道，媽媽是個很堅強的女人，她習慣在任何事情未露出破綻前就處理完畢，如果這時候我進去看見狼狽的她，也許才會更讓她難堪吧。

我看著蛋糕思考很久，最後還是選擇不打擾，將蛋糕放進冰箱，上面貼了張小字條。

為了要讓媽媽發現那塊特地留給她的小蛋糕，我還特地清空了一層。

習慣的打開電腦，首頁就是巫紹堯的頁面，而巫紹堯也已經好幾天沒有更新動態了，過不到幾秒鐘的時間，巫紹堯的視窗忽然跳了出來。

「在幹嘛？為什麼今天沒有來學校？」——巫紹堯於下午6:22傳來訊息。

我納納的瞪著那視窗好半天不曉得該怎麼回，一段時間後才將手放在鍵盤上。

他的關心讓我的心漏跳了一拍，但我仍然讓自己保持鎮定，用最平心靜氣的方式回覆：「沒什麼，有點頭痛而已。」

「少來～今天阿燒也沒來上課，妳們是不是去約會了？」他很快的回傳。

咬了咬唇，我回：「嗯，可以算是吧？他來陪我，然後我們一起吃了早餐。」

「進展真快啊。」過幾秒鐘後又回，「我以為是妳家裡出了什麼事呢，沒事就好。」

看了那訊息良久，腦袋有點空白的時候，他又傳了則訊息過來，「我現在在醫院。」

我回神，擔心的回：「在幹嘛？為什麼你會在醫院？」

他傳給我一個笑臉，「婦產科，我在陪恬恬產檢。」過沒幾秒又快速的飆出好多則的訊息給我，

「好緊張，從來沒有因為這個原因來這個地方！然後我在跟妳說一件事，我昨天晚上打了那個人渣一拳，還要他永遠不能再找恬恬，如何？很帥吧！」

他打他？一直自詡為和平主義者的巫紹堯居然氣到打那個人……

「……恬恬知道這件事嗎？」

「她知道，這件事是在她面前發生的。她沒有阻止我，因為那個男的說了些話惹到我，我才揍他的。」

「……嗯。」

我能想像的到那個情況，恬恬在他面前脆弱的樣子，也許，巫紹堯還會像在我家安慰我的時候那樣抱著她，告訴她，他會永遠陪著她，要她不要害怕——

忌妒自我心底不斷地冒出，手在鍵盤上敲了又打打了又退，我也好想告訴他我的事，我想把今天

受到的委屈通通都跟他說，但是現在還來得及嗎？如果變成弱者能夠讓他多看我一眼，為什麼我不這麼做？我根本不該裝不在意的跟他說我沒事，我應該要讓他覺得我很有事，這樣也許，他連和恬恬在一起的時候，也會想起我——

「好了，輪到恬恬了，改天我們再聊，掰。」——巫紹堯於下午6:44傳來訊息。

看到這封訊息，剛剛激動的情緒又瞬間歸零，機會，又再度從我的指縫中溜去。

我呆板的看著電腦安靜的哭，我想告訴他，我也需要陪伴，尤其需要他的陪伴，但是為什麼我說不出口？

拿出手機，我想也不想的撥了阿焜的電話，才剛接通，我滔滔不絕的開始大聲哭訴，「我是不是白癡？我明明就應該要好好把握跟他的機會，他好不容易找我說話，我居然跟他說我只是頭痛！我真的很笨，我好想把我自己殺了，我到底在幹嘛！」

也不管他在電話那頭是不是傻住，下一秒我就俐落的把電話掛了。

之後他又打了幾通電話過來我沒有算，但我通通都沒有接，就放任它在那邊響，而我則趴在桌子上腦子亂成一片。

媽媽忽然打開門走了出來，站在我旁邊，雙手環胸的盯著我看，「發生什麼事？」

我掛著眼淚瞪著地面，仍趴在桌上不說話，她沒耐性的走過來推了我一下，「我在問妳，發生什麼事了！」

那口氣跟態度再再都刺激到我此刻敏感的神經，「有事也不關妳的事！」我氣得朝她大吼，接著頭也不回的跑出家門。

跑著跑著，我來到學校外面的那家便利商店，走進去就往啤酒區的方向走，但看了半天卻不知道到底該喝哪一種才好。

「金日光啊，他是個殺人兇手。」

我忽然被這聲音給拉住全部的吸引力，但是一回頭，我只看到兩個背對著我的女孩結完帳準備離開。

金日光，我剛剛有聽錯嗎？還是那兩個女孩剛剛說的人是我也知道的那位？

我才剛想著，手機嗡嗡的在口袋震了兩下，我意興闌珊的拿出來看，發現是阿熀要我氣完就快點回家，別在外面逗留。

視線朝玻璃外頭看去，漆黑一片，來往的行人也沒辦法一一確認他是否混在裡頭。

「不用找了，確認妳沒事就好。我要先回去了。」——木下日熀於下午7:03傳來訊息。

看了一眼後我將手機收進口袋，專心挑冰櫃裡的飲料，卻又在下秒憶起剛剛和巫紹堯的對話內容。

握著冰櫃把手的手鬆了，轉而蹲下趴在自己腿上，眼淚不斷自眼眶蜂擁而出，哭到不能自已。

12

隔天到學校，意外的看見今天的巫紹堯特別早起，不僅沒有遲到，臉上還掛著滿足的笑容對我說早安。

「早。」我沒什麼特別的表情，就像平常那樣經過他。

他鬼鬼祟祟的朝著前面的人看一眼，然後從口袋裡掏出一張黑白照片放在我桌上。

「給妳看，昨天檢查的照片。」他小聲的說，語氣有說不出的興奮。

「這是什麼？」

「超音波的照片啊！怎麼樣？第一次看到很稀奇吧？我昨天第一次看到也覺得超稀奇的！」

他興奮的眼睛不斷閃爍光芒，照得我頭昏眼花。

我也看不懂，不耐煩的情緒漸漸升高，「喔。」

「怎麼反應這麼冷淡啊？是不是因為妳看不懂？沒關係，我可以解釋給妳聽。」他笑著將照片轉向他，我想也不想的回：「不必了，我現在又沒有要生小孩，看那個也沒用。」

他疑惑的偏了偏頭，隨後便識相的轉了個話題，「恬恬今天早上起床在我打給她的時候說她想要吃豆花，憨玟，妳知道有哪間豆花店好吃嗎？」

「不知道，幹嘛要問我？」我白了他一眼。

「問一下啊，我下午下課要衝去買。妳要不要喝？我也請妳一杯。」

「不要。吃什麼豆花，想肥死我嗎？」我不耐煩的從書包裡拿出參考書摔在桌上。

他愣了愣，「憨玟，妳怎麼了？一大早就吃炸藥了嗎……」

「是你吧？一大早就在傻笑什麼，幫別人養……」我話還沒說完就被來人給摀住嘴巴，我仰頭一看，發現阿焜正站在我後方。

他微笑朝巫紹堯解釋，「抱歉，我們昨天吵架了，讓火燒到你很不好意思。妳，跟我去福利社。」

我甩開他的手，「都要早自習了還去什麼福利社！」

「跟我來就對了！」他強硬的拉起我的手，成功將我帶離眾目睽睽的教室。

一路上我們都保持沉默，他一直到快到福利社才開口對我說：「既然心情差，還是不要講話的好，免得講了什麼後悔一生的話就不好了。」

「是他自己找我說話的，跟我一點關係也沒有。」我停在福利社門口，他朝後看了我一眼，「幹嘛停下來？」

「你進去就好了。」我撇頭看向旁邊。

「什麼話，要是妳趁機又跑回教室找巫紹堯幹架怎麼辦？」他自己講自己笑。

我賞了他一個白眼，「好笑嗎？」

「挺好笑的。」他說著，牽起我的手一起進去福利社，「要吃什麼，我請客。」

「沒想吃什麼。」

「我可不是隨便請客的人，要我請客得要我願意才行。機會難得，如果不把握可能沒有下次喔。」

「無所謂。」我不屑的轉向他，「你到底要不要買東西？不買我要回教室了。」說完我當真就要往出口的方向走，他拉住我。

「欸欸欸，先別走。妳吃巧克力嗎？」我停下看著他，沒有回應，他笑笑的又問了一次，「我想要吃巧克力，但是不想吃太甜，妳覺得70％的好吃還是50％的好吃？」

「問我不準，我喜歡吃甜的。」我故意和他唱反調，「越甜越好。」

「哦～」他哦了長長一聲，「那妳喜歡布朗尼蛋糕嗎？那種滿滿巧克力的蛋糕？」

「不喜歡也不討厭。你到底要幹嘛？」我皺眉。

「看不出來嗎？我在做身家調查啊。」他莞爾。

「無聊。」甩開他的手，這次我是真的走出福利社，他追了過來。

「妳今天的幽默細胞真是死光了，昨天妳最後有買酒嗎？妳的臉看起來有點腫。」

「你欠揍嗎？」我瞪了他一眼。

「妳不會捨得揍我的。等一下一樣到第二棟轉彎，又該擦藥了。」他的視線往下看著我的手。

「我不想擦。」我將手握拳。

「還是要擦，否則化膿是需要截肢的。」

「誇張嗎你？」

有時候，我真的搞不清楚眼前的這個男人，而這男人此刻正細心的在幫我上藥。

最後我還是被他拐來擦藥了，上課鐘聲都已經響了，走廊上也沒有半個人，我就不明白他這麼堅持要替我擦藥的意義是什麼。

他嘴裡哼著歌，我一聽就知道是田馥甄的愛著愛著就永遠。

傷痕有相同的氣息
在適合相愛的天氣
為你猶豫

我們在寂寞中靠近擁抱中痊癒
卻不敢輕易說愛情
有些人愛著愛著就變了
而誓言愛著愛著會忘記

——田馥甄〈愛著愛著就永遠〉

我沒有問他唱這首歌的理由，他倒是自己笑笑的告訴我，「倪晴很喜歡這首歌，喜歡到每天逼我聽的那種。但很奇怪的是，明明我一開始沒有很喜歡，現在幾乎無時無刻在我腦子裡迴盪……」

「因為你也喜歡上這首歌了吧。」

「難說呢，也許我愛的從來不是歌。」仔細的將我的手指包紮好，用力的纏緊，「我有預感，這幾天妳會非常勤奮的想要把妳的手指從這些繃帶裡找出來，所以我纏了很多圈。」

「就算纏了很多圈，用一把剪刀仍然能輕易解除。」我冷冷地說。

「那我只好再把妳抓來保健室了。妳到底想要這樣到什麼時候？」

我們兩個對望，我在下一秒讀懂他剛剛的話。

他是在問我對巫紹堯的感情何時才要放下。

「不知道，也許到今天。」我看著他，內心無比堅定，「我已經決定了，今天晚上我要把我跟他的照片以及所有有關聯的東西通通拿去你家。」

他面容一扭，「蛤？不是丟掉嗎？」

「不是。我是會做個了斷，但是現在你家就暫時借我放吧。」

雖然我這個決定很自以為是，而且他家憑什麼讓我放？但我此刻根本想不到那些，就只想要讓他知道我是真的打算要改變而已。

「不要，丟掉。」

「不行，我、可能有一天……」我腦袋一片空白，一時間竟想不到什麼理由可以說服他。

「只能丟掉或燒掉。如果妳打算燒掉的話，我今天晚上可以陪妳去一趟河堤。」

他強硬的態度讓我一頓，「那是我的東西，我說不丟就是不丟！你家借我放又會怎樣？」

「妳就是還抱持著一絲希望不是嗎？事已至此妳居然還對這樣的男人抱著期待，會不會太樂觀了一點？」我咬著下唇，不發一語的看著他。他繼續說：「他不可能跟妳像以前一樣打鬧了，他既然已經下定決心要照顧恬恬，就根本不可能分手，妳死了這條心吧。」

「你在說什麼？你根本什麼都不懂！」我怒氣沖沖的推了他一把。

「妳才是！這個男人從第一次和女生交往妳就該看清，他如果喜歡妳就不可能在認識妳之後還交往其他女生！」

「他只是還沒有發現，你憑什麼斷定？你只是個轉學生而已！」

「就因為我是個轉學生，所以看待事情的方式也比較客觀。老實說，我在他眼裡根本感覺不到對妳的喜歡，妳說他喜歡妳根本就是虛無的，是妳自己想像的！一個男生喜歡妳的時候，他看著妳的眼神會發光，如果沒有，那就不是，他只是把妳當朋友！」

「你確定每個男人都像你說的那樣喜歡一個人嗎？我感受到的才是真的吧？你說的根本不是絕對！」

「妳感受到的是妳希望的，就算不是，妳也會朝他喜歡妳的方向說服妳自己，不完全是事實。」

「我聽不懂你在說什麼。」

「妳不能再對他抱持期待，否則受傷害的只有妳自己！」

「關你什麼事，我不想聽！」

「妳不想聽也得聽，結論就是他不可能會喜歡妳了，永遠不可能！」

「你就一定要這麼說嗎？摧毀我的內心會讓你比較好過？」

「我摧毀的是妳的期待，從一開始就不該有的期待。」

「你根本什麼都不懂，卻自以為是的覺得自己都對，你這個混蛋！」說到這，我已經沒辦法克制我的眼淚不流出來。

明明不能哭的，哭了氣勢就會變弱，都是他這個混蛋害我哭的！

「我混蛋？好，既然我是混蛋那妳也不用管我說什麼，但是東西別放我家，那種該丟進垃圾車裡的東西放在我家，我只會嫌礙眼！」

我們兩個站在原地互相瞪著對方，或者說，我很努力的瞪著他。

「好了！你們兩個上課時間還在吵什麼架，還不給我回教室！」護士阿姨雙手叉腰站在門口，一臉嫌惡的朝我們喊著，我率先跑出保健室。

當天我們吵架了，回到教室以後的每節下課我一句話都不跟他說，他就趴在桌上睡覺，我也跟他一樣趴在桌上裝睡，甚至放他自己一個人去掃地。

放學了，我自己一個人坐在位置上盯著巫紹堯的位置好久。

這兩個位置有我們這麼多的回憶，怎麼樣我都無法忘記，但是這個位置的主人，似乎跟我是真的不可能了……

我站起來走到他的位置，抹掉臉上要掉不掉的淚珠。

「怎麼可以不可能，我們明明……這麼喜歡彼此……」

我趴在他的桌子上痛哭，每想到一個回憶就刺痛一次，每回想到他的笑容就讓我無法抽離，但是他對我的溫柔到頭來，難道真的都只是「友情」嗎？

回到家已經傍晚了，遠遠就看到我媽跟醫生叔叔站在外面說話，看到我回來她也只是瞧了一眼，然後帶著醫生叔叔站離我遠一些，避免讓我聽到他們的談話。

姊姊面無表情的坐在自己的床上整理東西，知道我進來也不打聲招呼。

我放好書包，室內的氣氛緊縮到讓我有點想嘔吐，於是我想也不想的走去客廳，打開電視，雙腳攤在椅子上。

姊姊怒氣沖沖的從房間內走出來，搶過我的遙控器把電視關掉。

「吵死了，不准看電視！」

「還給我！」我想搶她手裡的遙控器，但顯然她沒想要回給我的意思。

「妳不要以為我不知道是妳跟媽媽說我在醫生叔叔那的，以後妳最好少惹我，否則我絕對不會輕易放過妳！」說完她將遙控器砸到我身上。

我會知道她在醫生叔叔那也是醫生叔叔告訴我的，那她是不是應該要追溯源頭找醫生叔叔問罪才對？

當然，我沒有勇氣把這句話問出口，如果我問了，我們兩個肯定又要打起來了。

不過也有可能例外，畢竟醫生叔叔也在場，姊姊應該不敢鬧事才對。

晚餐時間叔叔留下來和我們一起用餐，姊姊很顯然就是不知所措，不斷的用目光注視也就算了，還溫柔的幫忙夾菜。

我是不知道姊姊待在叔叔那的這幾天是怎麼過的，但現在看起來，她對叔叔的愛只有更多沒有減少。

叔叔在晚餐後坐在客廳跟我一起看電視，姊姊則罕見的跟著媽媽一起待在廚房幫忙洗碗、做家事。

「涵玟，你現在高中了吧？」叔叔趁著八點檔的空檔對我笑問。

「嗯。」我盯著電視點頭。

「功課上，有沒有碰到什麼問題？」

「沒有。」

「如果有什麼問題的話可以問我沒關係，我雖然脫離學生時期比較久，但一直都有在進修，也有兼職當過補習班老師之類的……」

「嗯。」

興許是我的回應太過冷淡，他有些尷尬，感覺到他似乎是真的想跟我說說話，於是我轉過身去面對他。

「功課上的問題是沒有，因為我不像姊姊這麼愛念書，感情上的問題叔叔能幫我解答嗎？」

他尷尬的咳了一聲，「如果可以幫上忙的話。」

叔叔說是叔叔，其實也大我們十幾歲而已，並不老，但是因為成天戴著一副厚重的眼鏡所以看起來年紀很大。

我此刻和叔叔一起漫步在要去便利商店的路上，叔叔倒是挺大方的。

「所以妳有什麼樣的問題？」

「在我跟叔叔說之前你能不能先答應我，幫我保密？」我看向他，伸出小拇指想跟他打勾勾，他卻笑著拒絕了，「不用打勾勾我還是會幫妳保密的。」

「任何人都不准說喔，包括姊姊。」我叮嚀。

當我特別強調姊姊的時候，叔叔明顯頓了一下，還偷嚥了下口水被我發現。

「咳。好，妳說吧。」

我看著前方面無表情，「叔叔，如果你很喜歡很喜歡一個人的話，該怎麼放棄？」

「放棄？」

「我喜歡的人即將要成為爸爸了，但是我仍然放棄不了。他對我太好了，讓我一直覺得跟他是有可能的。」

「呃，我能不能問一下，妳喜歡的那個人多大了？是妳同學嗎？為什麼他會有小孩？」

我一愣，沒想到叔叔問問題的方式挺可愛的。

「他就只是太有正義感了。」

於是我將自己跟巫紹堯的所有事情通通都告訴叔叔，期間，我當然也稍微扭曲了一點事實，因為我仍私心的希望叔叔會給我一些帶有希望的話……如果是叔叔給我希望的話，也許、也許我就會有繼續下去的動力……

「妳就是還抱持著一絲希望不是嗎？事已至此妳居然還對這樣的男人抱著期待，會不會太樂觀了一點？」

我就是還抱持著希望，我就是不到最後一秒堅決不放棄，我一定要推翻阿焜今天告訴我的話，巫紹堯不可能對我沒有感覺，我還沒有到需要放棄的地步——

「如果是這樣的話，放棄吧。」

聽到叔叔這麼說，我停下腳步。

叔叔用著遺憾的表情繼續說：「雖然這樣說對妳而言一定很傷，但我聽妳的描述，我感覺他是個很有責任感的孩子，通常表現出責任感的男孩，也象徵他是非常認真看待跟那位女生的關係的，認真看待也表示有長久經營這段感情的打算。妳希望他重新回到單身的生活，這幾乎是不太可能的，除非那個女生又做了什麼不好的事情傷害到他。」

「……是嗎。」我垂下頭。

「情竇初開的男孩子對真正喜歡的人很執著，我想那個女生現在應該也很幸福。」

「我不確定巫紹堯是不是情竇初開……」

「妳說他有提到他第一次這麼喜歡一個人，不是嗎？那就是了。」我沉默，忽然一隻大手拍上我的腦袋，叔叔接著說：「感情這種事情，如果第一次就遇到對的人那未免也太幸福了，妳放棄是對的，如果不放棄的話，越陷越深，後果也許會很嚴重。」

「……會、有多嚴重？」

阿熤也成天在我耳邊提什麼嚴不嚴重的，我實在不懂，到底為什麼會嚴重？

「我想跟妳說段故事，也許妳已經聽過妳姊姊說了？」

我搖頭，「這是關於姊姊的事嗎？」

「嗯～多少有點關係。」他搔了搔頭，「妳記得我剛剛跟妳說，我有兼職當過補習班老師的事吧？」

我點點頭。

「那時候我帶到的班級裡面剛好有妳姊姊，以及她當時的同學。妳姊姊曾經私下告訴過我，她非常崇拜那個女生，因為那個女孩子不流俗而且很有自己的想法，只是想法過於前衛，經常被她家裡的人給反對。」

「姊姊崇拜她？」我驚訝。

我一直以為姊姊最崇拜的人就是自己，沒想到像姊姊這樣的人也有崇拜對象。

「嗯，她也是妳姊姊當時唯一的對手。不過就像是這麼厲害又獨立的女孩子，碰到愛情還是一樣成為手下敗降。詳細的情況我不多說，她就是真心愛上了一個錯的人，才會導致最後失去自己的生命……」

「她自殺了？」我震驚的無以復加，雙手放在自己的嘴巴上，「叔叔，這件事情是真的嗎？為什麼姊姊從來沒有提起過！」

「妳姊姊也是因為她，從那年開始都沒辦法靜下心好好看書，成績節節敗退，不管我怎麼安撫她都沒有用。所以有時候，妳姊姊脾氣暴躁的時候我希望妳能多多體諒她，我相信她一定不是故意的，那件事對她的傷害到現在還是一樣大。」

「為什麼？」

「嗯～首先，那個女孩是妳姊姊的好朋友。我記得她們剛開始的時候一直都很要好，直到那個女孩子要自殺的前幾個月，她們來上課都是分開坐，感覺像是吵架了。所以啊，涵玟，談感情的事情妳永遠要記得，不要放太深，該收的時候就要記得收手。從妳剛剛的對話中，我看得出來妳對那個男孩子還抱有很大的期待，但我必需要跟妳說，不該有的期待就跟恐懼一樣，會在妳的內心成長茁壯；如果不摧毀，就會被駕馭，到時候就抽不了身了。」

「妳感受到的是妳希望的，就算不是，妳也會朝他喜歡妳的方向說服妳自己，不完全是事實。」

叔叔的話再次應證了阿熀說的是真的，內心的疼痛感又再度浮現，就像一台巨型坦克不斷來回的輾壓我的心臟般，痛得我難以呼吸。

其實我很清楚的不是嗎？我跟他之間到底有沒有可能，是不是到了該放棄的時候，我很清楚的不是嗎？只是那感覺一再的被我自己忽視……

「叔叔，一定要放棄嗎？」我潸然淚下，叔叔顯然被我的情緒搞得不知所措，「妳、妳別哭。」

「一定要放棄嗎？我跟他真的不可能了嗎……」

叔叔沉默，拍拍我的頭，沉重的嘆了口氣。

「涵玟，我們回家吧。」

13

隔天我到學校去，仍然堅持不跟阿熀說話，他也很白目的無視我，我走過他身邊也裝作沒看到，就這麼持續了好幾天，一個禮拜後的某天晚上，我帶著兩個帆布包的東西去敲他家的門。

一開始開門的是他姊姊，但看她一身圍裙的打扮我就知道，她又在做蛋糕了。

「阿光他現在在洗澡，妳要不要進來等他？」木下日香笑容滿面的說。

「啊，不好意思，打擾了。」我彎腰，木下日香噗哧一笑，配合的跟著彎腰，「哪裡哪裡。」

在領著我進去的路上她轉頭看著我笑問，「妳跟我弟那傢伙吵架了對吧？那小子啊，這幾天都不好好吃飯，問他也不說，不曉得是在和誰賭氣呢。」

我有點尷尬，只能笑而不答。

柯林姆一家人非常開心的在客廳圍成一個圈圈，阿熀還不知道我來，坐在客廳都可以聽到他在廁所洗澡哼歌的聲音。

這哪裡像在賭氣？哪裡像是心情不好？心情不好洗澡怎麼哼的了歌！

他唱的還是那首愛著愛著就永遠，但是哼到一半就只剩下水花聲，不一會兒，水花的聲音也消失，取而代之的是開門聲。當我知道他正大步朝著客廳而來時，我居然莫名感到有點緊張。

他出現在客廳，赤裸著上半身而且還只圍著浴巾！

我沒什麼看到，因為他一出現在視線範圍我就知道不對勁，很快遮住自己的眼睛了，他當下一發現客廳坐了人，非常的震驚，罵了一聲髒話，很明顯就被嚇到了。

我以為他罵髒話應該都是用日文罵，沒想到他居然是用中文。

「妳怎麼會在這裡啊！姊，是妳開門的嗎？」他對著廚房不爽的叫道。

「不然呢？別廢話了，好好跟人家說！」

「是要說什麼？」他對著廚房的方向碎念，接著轉向我，「妳來幹嘛啊？」

我指了指地板上的兩個小帆布袋，「我來整理了。」

他翻了一個白眼，「就說過我不會讓妳放我家，這都是該丟掉的東西！」

「我是要丟掉的。」我微微一笑，說著說著，鼻子又開始發酸。

他深深的看著我好一段時間，最後才隨便撥撥自己的頭髮不耐煩道：「好啦好啦，妳等我，我去換件衣服再陪妳去處理掉這些東西。」

他提起兩個重重的袋子，邊提還邊抱怨，「哇，妳是裝什麼啊，看起來明明就小小的，怎麼這麼重！」

「那裏面有我們以前買生日禮物互相送的杯子，還有音樂盒跟他買給我的娃娃、卡片，小東西。」

「杯子？這裡面有杯子？難怪叮叮咚咚的。是幾個啊，怎麼這麼重！」

「大概二十幾個吧，他每次都是買一對的。以前很流行送杯子啊，他很常不知道要送什麼，所以幾乎每個節日、生日都是送杯子給我。」他無言的看我一眼，我聳肩，「我剛剛說要拿你就不讓我拿，不然現在我拿一個減輕你的負擔啊。」

我手伸向他，他很快的轉走，「不用，我是男人，男人就該幫女人提包包。這種小case還是我自己來就好了。」

「什麼大男人主義的想法。」我歪頭一笑。

「我有個主意，你這都是些什麼樣子的杯子？」他說著，很快的停下來檢查裡頭的杯子，「如果是可愛的杯子，應該可以送給育幼院吧？」

「育幼院？」

他拿出一個白色，上頭印有可愛兔子頭的杯子笑，「像這個就很適合育幼院的小朋友，只是不確定他們會不會要。」

我深深地看著那個杯子，「那是他第一個送給我的禮物。」

他顯得有些尷尬，但很快又恢復正常的說：「夠了，別亂回憶好不好？等一下我拿進去就好，省得每拿出一個妳就要開始說那個杯子的年份。」

「說年份也太誇張。」我笑道。

「妳就是這麼誇張。」他瞪我。

我們搭上公車前往他說的育幼院，他拿出手機邊滑邊說，「我也是最近上網才知道的，我姊想要捐一些衣服給那間育幼院，然後離我們最近的育幼院就只有那家。」

「那家？講的好像是某間餐廳。」

「妳只想著吃嗎？肚子餓啊？」他橫了我一眼。

「是有點。」我略略笑著。

「現在想起來，我好像也是剛要吃晚餐的時間被妳拉出來。那待會兒我們一起去吃吧？」

下了公車還多走了幾公尺的路，意外的發現那家育幼院隱藏在某條黑暗巷子的底端，只有巷口掛著搖搖欲墜的招牌勉強能讓我們知道自己沒走錯。

通往育幼院的小巷子路燈只有往前至少一百公尺的地方才有一盞，少得可憐，昏暗的燈光讓我有點害怕，阿熀倒是一點感覺也沒有。

「想不到我姊衣服還沒整理完我就先來了，就當作是探路吧。其實妳的東西也滿適合他們的，不是杯子就是相框，還有音樂盒。我應該一進去就被當作聖誕老公公了吧？」

我因為這條黑到不行的小路害怕的繃緊神經，所以他說什麼我都沒空回應，只忙著要打量四周，就怕有什麼蟑螂啊、老鼠之類的東西衝出來，或者是從天而降的蜘蛛。

一路上他都自己自言自語，也沒有因為我的不回應而生氣，四周詭譎的氣氛漸漸變得輕鬆自在。後來我才慢慢明白，那是因為他感覺到我對這條路有點害怕，所以刻意說點什麼來讓氣氛不那麼緊繃的。

我們很快就找到這間育幼院的院長，她很好找，一群用功念書的孩子裡站得最高、看起來最有年紀的就只有她了，所以很好找。

她很喜歡我們送給小孩們的杯子，就好像阿燒說的，院長特別喜歡那個印有粉紅兔子的杯子，她和另一個印著藍色兔子的杯子是一對的，剛好可以送給院裡唯一的小雙胞胎。

當我們提著兩個袋子出現的時候，所有的小朋友都張著一雙雙明亮的眼睛看著我們，好像很期待我們會分送什麼東西給他們，結果我錯了，我錯估的是現在小孩子有的早熟思想。

院長開心的要他們一個一個排隊來謝謝我們，給我們一個抱抱，結果他們反而一窩蜂擁上來，全都笑得樂不可支，接下來這群浮動的小腦袋立刻丟出一連串的無厘頭對話。

「姊姊，妳有男朋友嗎？」

「笨啊，姊姊旁邊這個不就是她的男朋友？」

「姊姊，那妳會跟妳的男朋友親親嗎？」

「那姊姊可不可以跟我親親？」

我被這些問題問得暈頭轉向，由於院裡大部分都是男孩子，圍著我的比較多，女孩子則把阿燒給擠到邊邊的小角落，向他炫耀自己的紙娃娃跟洋娃娃。

就在我們快要崩潰的時候，院長終於出聲喝止，要她們感謝完就快點唸書，不准玩了。孩子們也很聽話，立刻就樂呵呵往回衝，衝進那間類似教室的小空間裡乖乖坐好。

我注意到一旁有個年紀特別小的小孩子抱著我剛剛給的其中一隻娃娃，張著水汪汪的眼睛看著我，扭捏的像是有些什麼話要對我說，最後俏皮的朝我招招手，要我過去。

我走過去以後，她很快的墊起腳尖，捧著我的臉頰親了一下，小小聲的說：「姊姊謝謝，愛妳喔。」接著就害羞地跑走了。

我被嚇得不輕，站在原地好半天回不了神。

「幹嘛，一臉被奪初吻的樣子，開心要說。」阿焜笑嘻嘻的說。

臉頰熱辣辣的，還真有點害羞。

「不好意思啊，這些孩子比較熱情，她們真的很喜歡你們送的禮物，非常感謝你們。」院長朝我們彎腰，溫柔的微笑。

「哪裡，沒有、其實這些也是……」我這個人就是藏不住謊，但當我要開始解釋的同時，阿焜立刻就插話道，「哪裡，我們還會再來的，我覺得這裡有種世外桃源的感覺，白天一定特別漂亮。」

院長莞爾，「當然好，歡迎你們再來玩。」

我們兩個並肩要走出這間育幼院，阿焜忽然對著身旁的我道，「妳剛剛想跟院長說什麼？哪裡哪裡，沒有啦，這些都是我失戀要丟掉的東西？是不是！」他質問。

我臉一紅，「當然要講清楚啊。」

「妳白癡啊，這種話怎麼能說？送禮物的人這麼跟妳說『哎呀，沒有啦，這些也是要丟掉的，剛好拿來送給妳。』妳聽到是什麼感覺？」

我想了想，「呃，是滿無言的。」

「知道錯就好。」他拍拍我的肩膀，「那我們去吃滷肉飯吧！」

「滷肉飯？你一個日本人跟人家吃什麼滷肉飯啊。」

「妳是人種歧視嗎？我三歲以後都在台灣長大，一直到國中才轉學的好嗎？」

「為什麼要轉學？」

「我告訴妳的話，待會兒的滷肉飯就妳請客吧？」

「那我不會不要問就好了嗎。」我輕哂，腦中忽然想起家裡附近有家好吃的小店，但很久沒去了，「我知道有一間店的滷肉飯很好吃，只是很久沒去了。」

那其實是媽媽喜歡吃的店，但從爸媽很少回家以後我們就沒再去過了。

「那就去啊，如果想吃的話。」他說。

於是我們搭著公車返家，踏著熟悉的道路前往那家小吃店。

這條小路滿載了很多關於我們家的回憶，只是回憶終究只是回憶，想想這陣子家裡發生的事，聯想忽視、想說服自己其實爸媽只是很忙都沒辦法，我們家，看是半碎了。

老闆和老闆娘已經忘記我了，畢竟我認識他們的時候還太小，現在也已經高中了。

他們兩個忙碌的在櫃檯裡面煮麵跟燙青菜，用著毫不熟悉的語氣對我打招呼。我也不打算要讓他們憶起，就和阿熀隨意的找了個位置坐下，開始點餐。

「剛剛那個女人妳認識啊？」老闆趁著空檔，對著老闆娘問。

「就是住在前面社區的老鄰居啊。她很久沒有來了，也難怪你不認得她。」老闆娘邊打包邊回應。

「叫什麼？是不是生了兩個女兒的那個？」

「對啊，就是老是炫耀自己生了兩個聰明女兒的那個。她大女兒啊，聽說已經憂鬱症了。」

我垂著頭看著點單，其實已經澈底分心在他們的對話當中了。

阿焜以指節輕敲我對面的桌子，稍稍抓回我的注意力，但我後來又立刻被老闆的話給完全吸引。

「哦，吳太太嘛！吳世淵他們家啊！」我面無表情的看著桌面，老闆繼續說：「難怪她剛剛哭成這樣，她大女兒怎麼得憂鬱症的？」

「哎，她女兒書唸不下去得憂鬱症，壓力大就鬧自殺啦。老說自己女兒頭腦聰明，我看根本就不是那樣！」

老闆娘揮揮手，蠻不在意的說，但我再也聽不下去，拍桌直接走人。

阿焜被我嚇了一跳，但很快的追出來，抓著我的手問我發生什麼事。

「我還能發生什麼事？家裡的事情被拿來當茶餘飯後的話題，是你聽了感覺怎樣？難道會很爽嗎？」

「他們剛剛、是在說妳家啊……」他語氣結巴，看著眼眶泛淚的我不知所措。

我不說一句話轉身就走，他靜靜的跟著，最後才小跑步跟上我，「欸，那我們隨便找一家吃就好了，好不好？」

「你自己吃。」我面無表情的說。

他拉住我的手，「拜託啦，我還有東西要給妳。」

我拗不過他的請求，最後我們還是找了間拉麵店坐下來吃飯。

他這次一坐下就先往桌面拍了本小本的筆記本，笑嘻嘻說：「真是的，都是剛剛那兩個老傢伙，害我這本日記差點就拿不出手。」

「什麼日記？」我拿起來翻閱。

「記得交往守則的第十條嗎？內容就是雙方一定要有一本交換日記，用以讓彼此更貼近對方的生活。」

「你要寫交換日記？男生通常都不喜歡寫吧？」我狐疑。

「沒辦法，既然是守則上的，就算我一天只寫兩個字我還是要寫啊。」他聳肩。

「我之前的確有想過要跟巫紹堯寫交換日記。」我拿著日記在手上把玩，「因為國中的時候看過一個女生和自己剛交往的男朋友寫過，男生每次拿著日記來找她的時候都感覺很甜蜜。」

「妳和倪晴說的一樣，她也很羨慕那些有男友可以寫交換日記的女生。」

「是女生都對戀愛有幻想，當然就會羨慕啦，一點也不意外。倪晴應該是個很可愛的人吧？每次聽你說到她的時候，我都覺得她很可愛。」

「嗯，她很可愛啊。」

我還在等著他說倪晴哪裡可愛，可等到的只是他陷入長長的沉默。

他望著桌面動也不動，像是陷入的冗長的回憶當中無法自拔。

14

交換日記的第一天是由我開始寫，這個週末我們兩個約好了一起出來看書，順便去吃一間美式餐廳。

老實說我對第一篇要寫什麼實在沒什麼頭緒，於是非常籠統的在空白的第一頁寫下「真的很高興認識你，希望我們都能成功的走出回憶」這樣簡單的兩段話。

「就這樣？太傷人了吧，應該有些很感人肺腑的開頭啊！」阿焜翻著單薄的紙，不滿的嘀咕。

「有什麼感人的話好說？我們又不是真正的情侶，等日後累積更多的回憶才好說些感人的話吧？」我喝了口服務生替我們倒的水。

「說的也是。」他聳肩，「聽說這裡最好吃的是花生醬起司總匯漢堡。」

我皺眉，「我不吃花生耶，花生有個味道我不喜歡。我吃莎莎醬哈姆蛋這個就好了。」

「那我吃花生的。」說完他開始畫點單。

「欸，那麼巧啊。」熟悉的聲音響起，巫紹堯牽著恬恬站在我們桌子旁邊，臉上堆滿了笑容，「你們是吃飽了還是餐沒來？餐如果還沒來乾脆我們併桌啊！」

阿焜看了看我，我無言的看著巫紹堯。

「好啊，一起坐吧。」

當阿熤這麼說，我又很快地看向他，他朝著我眨眼。

巫紹堯一坐下，立刻不滿的說：「欸吳憨玟，妳剛剛那眼神是怎樣，不同意喔？有異性沒人性嗎！」

我看向一邊，「我哪有。」

「好久不見，玟玟。」顏欣恬甜甜的笑著，原本深深的酒窩因為懷孕的關係變淺了。

「好久不見。」我略顯尷尬的說。

「這間美式餐廳聽說是情侶必訪，加上我們很久沒有出門了，她今天突然說想出來走走，所以我就帶她過來了。」

「很久沒出門？那你們平常都待在哪？」阿熤問。

「待在她家。」巫紹堯笑嘻嘻的說，「她爸媽現在已經很熟悉有我的存在了，幾乎把我當家人，前幾天還被我們慫恿出國放鬆。那陣子在學校發生的事情讓他們很傷神，好險有我。」

他鼓起胸膛，洋洋得意的說。

「真敢講耶。」我在旁邊虧他，恬恬害羞低笑。

話告一段落，他開始翻看菜單，將菜單先拉到恬恬面前，自己則湊過臉去看。他們兩個人貼的很靠近，不時低語輕笑，我看著他們出神。

膝蓋的地方被輕拍了兩下，轉頭就對上阿熤的視線，他給我一個微笑。

原先還有點責備他的，但是想到如果我還想跟巫紹堯自然地當朋友，總有一天我得要習慣這些，要不然就是走第二個選擇，永遠和巫紹堯形同陌路。

也許阿焜已經替我找出答案，所以才答應和巫紹堯併桌的吧。

「你們已經點好了吧？剩下我們？」巫紹堯抬起頭，剛剛和恬恬笑鬧的痕跡還停留在臉上。他們兩個此刻在我們面前，儼然就是對熱戀的情侶。

「點好了，你們要點餐了嗎？」阿焜問。

「對啊，我想吃那個主廚推薦的花生醬起司堡。」巫紹堯挑眉笑，恬恬立刻就接著，「那本來是我要吃的。」

「妳不能吃！」巫紹堯立刻反駁。

「那不然我改成那個經典辣味的。」

「那個香料太重了。」巫紹堯仍然搖頭。

恬恬嘛嘴，沒再繼續提，只能任由巫紹堯替她點原味只加番茄醬的漢堡。連生菜都因為是冷食的關係，巫紹堯特地要求服務生減量。

我搖頭輕笑，「太可憐了。」

恬恬立刻回應，「玟玟妳懂我！」

我揚起尷尬的嘴角低頭玩手機。

席間都是阿焜和他們對話較多，我都在忙自己的事，除非巫紹堯他們刻意提起我才會稍微抬頭。

這用餐的氣氛不算沉重，但我仍需要些時間來適應。

曾經幻想過無數次我們碰面的場景會有多尷尬，直到真的出現在我面前，我恍然發現，似乎也沒有這麼難以接受。好歹，恬恬也曾經在學校和我要好過……雖然不過兩個禮拜的時間。

阿焜和巫紹堯很聊得來，恬恬忽然想要吃點甜甜的布丁，因為這家店裡沒有賣，所以巫紹堯便拉著阿焜要一起去便利商店買，因為他們的話題還沒有結束。

「他們兩個真的很有話聊耶。」恬恬目送著他們一起走出店門，笑說。

「有共同興趣的關係吧。」因為恬恬是對著我說，我也不好意思繼續玩手機了。

「涵玟，我有個問題想要問妳。趁著他們此刻都不在的時候。」

「……好啊。」我看著她，心底有些緊張。

「妳現在、是真的喜歡阿焜的吧？」

「什麼意思？」我一驚，放在桌下的手慢慢握緊，臉上的表情也開始有些緊繃。

恬恬立刻慌亂的解釋道，「我沒有其他意思，只是好奇，我聽紹堯說妳已經和阿焜交往了，只是想確定妳是真的快樂……」

「為什麼、會這麼問？」我深吸一口氣，忽然覺得腦袋裡的氧氣慢慢流失。

「我之前雖然經常聽同學提起妳的事情，但從來沒有真的將那些流言放進心裡過，直到紹堯追求我，我也答應了以後，我才慢慢注意到妳。我是以自己的感覺來判斷，原本我還擺盪在紹堯與前男友之間，只是妳也知道，我的選擇是錯的，那男的根本不愛我，就是利用我的人渣而已。」恬恬微微一笑，「現在看到妳跟阿燒在一起，我也很替妳高興，我不希望我們之間有疙瘩，所以想要趁著他們出去的這個空檔，了解妳的想法。涵玟，我真的把妳當朋友，妳也知道，學校裡有真有假，但我相信妳也真心把我當朋友的。那次我不舒服，從妳眼底我看見真正的擔心，我就這麼認為了。」

面對她如此真摯的告白，我發現自己也反駁不了，只是心底亂的可以，連擠出幾個字都略顯困難。

我點點頭，「那麼現在的妳呢？幸福嗎？」

她靦腆的笑，「紹堯真的是個很好的人，不僅對我很好，也很包容我的脾氣。我發現，我現在好像已經不能沒有他了……我聽他說是妳鼓勵他來找我的，聽了我真的好感動。謝謝妳涵玟，如果沒有妳，也許我們兩個現在也不會在一起。」

——「我好像已經不能沒有他了……如果沒有妳，也許我們兩個現在也不會在一起。」

怎麼這整段話，我聽了完全高興不起來？

這句話就好像一根細小的微刺，不至於劃傷卻還是得很快的想盡辦法將它吞下，然後繼續下一道菜。

「是嗎。」

「我們都很感謝妳。」她笑瞇了眼。

我深呼吸了一口氣，「那我也要謝謝妳。」

「謝我什麼？」她眨眨眼。

「謝謝妳接收巫紹堯這個笨蛋。我相信，他一定會好好對妳的。」

恬恬朝我一笑，看起來滿足而喜悅。我在那一刻真的頓悟了，也許就像阿焺說的，從一開始巫紹堯對我的喜歡就僅止於朋友，否則他現在應該在我身邊才對，而不是和恬恬在一起。

如果恬恬沒有出現，那麼我肯定還纏繞在那無限的循環當中，每天因為巫紹堯是不是又和誰交往分神，和誰分手竊喜，不斷的催眠自己，總有一天，巫紹堯會發現自己愛的人是我，否則他為什麼和別人交往都不超過半年，和我卻要好了這麼久？

我現在才發現自己根本搞不清楚以前的我到底在想什麼，一切攤在陽光下以後，原來也可以如此簡單。

「我以前還不能完全相信，但是現在我感覺，好像也不是真的不可能。」恬恬笑了起來，摸摸自己的肚子，忽然杏眼圓瞪的看著我，「涵涵涵、涵玟……」

我也跟著緊張，「怎麼了？是不是不舒服？」腦中開始擔心，想著巫紹堯他們還沒回來該怎麼辦。

恬恬的臉從驚訝轉成驚喜，「好神奇喔，我的肚子、我的肚子剛剛被踢了一下耶！」

「被踢？」我皺眉。

巫紹堯他們也剛好買了布丁回來，看到恬恬臉上的表情有點不對勁，巫紹堯立刻就用跑的跑過來攬著她，「怎麼了？」

「紹堯，剛剛、剛剛寶寶好像踢了我一下。」恬恬一臉幸福的說。

巫紹堯立刻就表示理解，「我知道，已經五個月了，應該要動了。」但他還是很緊張，明顯感覺到興奮。

「喂，你也太冷靜了吧？」我笑說。

「因為恬恬很容易不冷靜啊，如果我也跟著不冷靜，那還得了啊？」巫紹堯擺出一副爸爸的姿態教訓我，但也在下一秒將恬恬攬進懷裡，「太好了，天啊，我好開心，但是要壓抑好痛苦。」

恬恬笑捶了一下他的肩膀，「誰要你壓抑了啊？笨蛋！」

我揚著嘴角，像個完全感染那溫馨氛圍的一員。看著他們如此幸福的相視而笑，心底其實沒有太多情緒，但我仍相信自己已經可以扮演那個別人眼中「好朋友」的角色。雖然副作用是得要很努力、很努力的克制自己的情緒不要崩潰。

至少，不能是現在。

15

回到家其實我已經很疲倦了，在巷子口看到一台眼熟的銀色休旅車停在那，姊姊就站在駕駛座的車窗外頭看著裡面的人，最後俯身，捧著一個男人的臉吻了下去——

我倒吸了一口氣，雖然經常聽到誰和誰交往，誰和誰接吻，但這畫面畢竟我既沒有親身體驗過、也沒有親眼見過，說不驚訝是騙人的。

姊姊和醫生叔叔吻得難分難捨，連要開口話別都顯得太殘酷，我如果這時候介入破壞了姊姊眼底美麗的畫面，那我往後的日子肯定悲劇。

媽媽再三天就要回公司了，我不想惹事。

但有個理論叫做莫非定律，那個定律的主要精神就是「如果一個事件的缺陷有很多種可能性，則他必然朝向情況最壞的方向發展」。

沒錯，姊姊看到我了。

我還在擔心她的下一步，沒想到她選擇無視我，依然用甜蜜的表情跟醫生叔叔揮手道別，轉身返家。

接下來的幾天，我每天都過得小心翼翼，深怕一個不對姊姊就會找我碴。但是幸好，也許是戀愛的幸福感讓她這幾天都心情不錯，並沒有對我的存在有太多白眼，和媽媽雖然保持沉默，但相處起來已經沒有之前的劍拔弩張。

媽媽回公司後，日子很快的從夏季初到了秋季中，天氣微涼，當時我人還坐在電腦前想要寫作業，進入高三以後的課業變得繁重許多，我正苦惱著，姊姊忽然哭著從門口跑進來，一路往房間的方向衝，碰的一聲用力關上房門，留下一臉愣的我。

醫生叔叔從外面跟著跑進來，看到我後嘆了口氣。

「涵玟，幫我好好安撫妳姊姊。」

叔叔留下這句話以後便匆匆離開了。

我安撫姊姊？

看起來叔叔並不知道我和姊姊的關係並沒有到這麼好，我如果現在進去，應該不是負責安慰她的，而是負責當沙包的。

我才沒有那麼笨呢。

叔叔離開以後，我很快的收拾桌上的用具，用最快的速度逃離這個空間。

掏出口袋的手機打了通電話給阿焜，跟他說我現在要去他家。

「為什麼？」他問。

「逃難。」隨便丟下兩個字以後我掛了電話。

他最近的心情有點低落，雖然我們還是會出門，拿著他說的那張清單一一打勾，但當初說的「遺忘」卻僅僅只有少部分幫助。

也許絕大部分是因為我們的相處和諧，少了情侶該有的火花吧？

來替我開門的他氣色似乎變差了。

「你吃過了嗎？」我直接掠過他鑽了進去。

「吃了。」他面色有點發白，順手關上門。

我們進到客廳，他姊姊這幾天幾乎都不在家，因為交了一個新男朋友的關係，在家的時間幾乎都忙著做小點心給男朋友吃。

他跟在我後面進到客廳，一來就躺回沙發，用手臂遮著眼睛開始睡覺。

我攤開作業簿，眼睛忍不住一直飄向他。

「你最近都沒睡覺嗎？」

「有啊。」

「那怎麼氣色越來越差？」

他沉默。

「作業寫完了嗎？」

他嗯了一聲，隨後便傳來輕淺的呼吸，睡著了。

往後的日子他也幾乎都是以這種模式和我相處，我找不到可以探問的點，只要一問到他怎麼了，他總是有一百種辦法可以閃避。

不知道是我敏感還是怎麼的，學校裡的氣氛似乎悄悄變了。秋天的天空本來就容易灰灰的，一到日落的時間，天色暗的也特別快，巫紹堯仍然對恬恬的事忙得樂此不疲，但班上的女同學似乎開始有了新的話題。

這段時間阿熀的座位安靜了不少，慢慢的鮮少有人主動和他說話，第一是因為他在班上有個掛名的女朋友，也就是我，第二是因為就算找他說話也只會碰得一鼻子灰，他的語氣冷得很澈底，完全就是生人勿近的樣子。

這個狀態，連平常忙到沒時間跟我打招呼的巫紹堯也注意到了。

「欸憨玟，阿熀怎麼了？你們又吵架了嗎？」

我搖搖頭，「沒有。」

「那他怎麼了？」

「我也不知道。」

「妳不是他女朋友嗎？怎麼可以不知道。」他笑得曖昧，看起來很機車。

「你笑得太變態了，轉回你自己的位置。」我瞪了他一眼，用力推他肩膀逼他轉回去。

他沒怎麼反抗，就這樣被我推著面向前面。

幾天後，學校廣播阿熀的名字要他到訓導處，我最後才得知，阿熀在校外打人了，而且還是一個人單挑四個外校生。兩男兩女，他被打到渾身是傷，對方也沒有多好過，被打到骨折送醫。

被打到骨折的那位同學的爸爸氣不過，跑到學校來，揚言要對阿熀提告。

經過這件事，阿焜更加低調了許多，開始不和我一起來學校，下課也不會等我一起回家。

我終於對他這陣子的行為受不了，左思右想後，我決定到他家去和他說清楚。

門鈴按了半天還是沒半個人應門，我在他家門前跳上跳下的，想看看阿焜那傢伙是不是明明在家，卻故意不幫我開門。

「妳在幹嘛？」

我轉頭，吳涵茨人此刻就站在我身後，皺著眉頭看我。

「我、找人啊。」發現是我姊讓我很驚訝，「妳怎麼會在這裡？」

「妳有認識這家的人？」她朝著阿焜家的方向指。

「呃，這裡是我同學家……」

她有點生氣的說，「妳同學？妳跟他很好嗎？」

「就是同學啊。」我開始納悶吳涵茨今天話怎麼這麼多，「妳到底想講什麼？而且妳為什麼會在這裡？」

「關妳屁事？」她說完，拉了拉書包就一臉不屑的離開了。

我被罵得莫名其妙，這裡和姊姊平常公車下站的地方有點距離，也和我們家是相反的方向，難道她這裡也有同學嗎？

由於阿焜似乎也不在家，沒人來幫我應門，於是我便無奈的回家了。

回到家以後才知道姊姊剛剛並沒有直接回家。我將書桌的電燈打開，準備從書包裡拿我的作業出來寫，眼角餘光看見床頭櫃的布巾被掀開沒有蓋好，好奇的走了過去。

那個地方是姊姊平常放雜物用的，已經好幾年沒被動過，現在又為什麼會被打開？

我看了看門的方向，躡手躡腳的先走去把門關好鎖起來，之後才又走到床頭櫃將那個櫃子打開。裡面堆了很多小盒子，好像都被翻動過了，整個被翻得亂七八糟的，姊姊好像還從裡面拿了什麼東西走，而且走得很匆忙。

最旁邊有本看起來超級厚重的書，上面布滿了灰塵，我悄悄的拿起來，發現那是姊姊高中的畢業冊。

「那時候我帶到的班級裡面剛好有妳姊姊，以及她當時的同學。妳姊姊曾經私下告訴過我，她非常崇拜那個女生，因為那個女孩子不流俗而且很有自己的想法，只是想法過於前衛，經常被她家裡的人給反對。」

我想起叔叔曾經這麼跟我說過，我開始猜測，如果真的如叔叔所說，那個女生是姊姊的好朋友，那這本畢業冊應該會有她們的合照吧？

嚥了幾口口水，我又往房門口的方向看了幾眼，深怕姊姊會在這時候回來。

翻開畢業冊，我只記得姊姊高中的時候唸的是資優班，跟我相同高中的話，那資優班應該是第十二班才對。

我一班一班找，最後終於讓我翻到第十二班。

十二班團體合照的地方有個非常突兀的洞，那是刻意被剪下來的痕跡。我心跳的飛快，直覺告訴我那個被挖掉的地方就是姊姊最在意的那個人，而且那個人就跟姊姊站在一起，因為被挖掉的洞足足有兩個人寬。

我又往後翻了一頁，個人照的地方一樣找不到姊姊，但多了兩個被挖成長方形的洞。這下我確定了，姊姊連她自己的照片也挖掉了。

翻到生活照的地方，更是布滿大小不一的坑洞，頁面上有乾掉的水漬的痕跡。再翻一頁，已經是下一個班級了。

我喪氣的闔上那本畢業冊，不著痕跡的將它放回原處，將床頭櫃給蓋好，布巾也拉整齊，越想越對姊姊在意的那個同學感到好奇。

我走到姊姊的書桌旁邊偷看了一眼，想從那上面看看有沒有什麼蛛絲馬跡，上頭只有一本理化，其他什麼也沒有。

像個小偷一樣左看右看上看下看，終於，讓我發現地板上有張疑似照片的角角，就真的只有一個非常小的角露在外面，我蹲了下去，將那張紙片摳出來，轉正，看到一個綁著公主頭的女孩，外貌還像個國中生，照片底下寫著木下倪晴四個字——

外頭傳來有人進門的聲音，我手忙腳亂的將那張照片給塞進自己的口袋，跑到門邊將門鎖給安靜的轉開。

當我小跑步回位置上坐好的當下，姊姊也在同時間開門進來，而此刻的我也已經端坐在自己位置上，只差沒有把書拿出來而已。

她什麼也沒說的走進來，將自己的書包甩到位置上，抓起衣服換了起來，邊換邊跟我說：「我今晚有約會，不回來吃，晚餐妳自己解決。」

「喔。」有點心虛的朝旁邊看了一眼，擔心自己今天的回應太過乖巧會被懷疑。

她沒繼續交代什麼，換完衣服碰的一聲將門關上，我的心也跟著跳了一大下。

我鬆口氣趴上桌面，完全克制不住自己的心跳，也忘不了自己剛剛不小心發現的祕密——

16

我們兩個的日記還是維持著表面，他就像自己說的，就算只寫了兩個字還是有寫。這次的日記只簡單的交代了他在校外打人的這件事不用擔心，其他都沒有多說。

我看著日記的空白頁想了好久，落筆寫下「你認識木下倪晴嗎？」這八個字，最後又很快的擦掉，改成問他「你最近到底發生什麼事？有事要說，別忘記我們是夥伴。」然後將日記本放在他桌上。

我將簿子交他到桌上時他還在睡覺，當他發現我寫的東西時，很快的和我對到視線，我嚇了一跳，再轉頭他已經趴回桌上了。

一陣失落感襲上，搞得我一整天上課都沒心情。

又過了幾天，我剛上完廁所回來就發現桌上躺了一個不屬於我的書包。

「欸憨玟，剛剛阿焜說有事情要去請假，所以要麻煩妳幫他把書包拿回家。」巫紹堯轉身對我解釋。

「我？」我指著自己的鼻子。

「對，就是妳。」

「喔。」

我看著桌上的書包一下，然後就把它收下來，跟我的書包掛在一起。

巫紹堯顯然還有話想說，「然後啊，妳跟他最近是不是關係不怎麼好？」

我不曉得怎麼回應，因為實際上我也不知道阿焜到底怎麼了。

「吵架就快點和好啦，別在那邊拖拖拉拉的，一點都不像妳。」他拍了桌子一下，義正嚴詞的說。

聽到他這麼說，我忍不住笑了，「你哪時候變得這麼囉嗦了？」

他聳肩，也不否認，「囉嗦是出自於關心。總之快點和好，看你們兩個這樣就覺得煩，妳不要的話就快點放手，班上一堆人等著跟妳搶。」

他說完這些話以後就轉回自己的位置，我也不想跟他解釋我跟阿焜並不是他說的那種關係，反正等到畢業再說說不定還會是個小驚喜。

「涵玟嗎？」木下日香一開門便帶著微笑，很快就發現我拿著阿焜的書包，「妳幫日光帶書包回來啊？真是謝謝妳，我剛剛還差點把他趕出去拿書包呢。」

「嗯。請問，現在可以進去找他嗎？我有些話想要問他……」

「現在……」她朝門內看了一眼，「恐怕不太方便耶，他現在心情不太好。改天吧？我再做蛋糕邀請妳過來。」

我沮喪的垂頭，她拍拍我的肩膀，「別在意，不是因為妳的關係，他最近……可能壓力太大了。」

「好，謝謝姊姊。」

道完謝後我離開了他家，當天回家巫紹堯立刻就密我，貼給我一個網址。

「妳有看過這個嗎？」——巫紹堯於下午6:38傳來訊息。

底下是一個匿名留言的粉專，留言地點是靠北×濟高中，標題聳動的寫著「給×濟高中日籍轉學生殺人犯」，底下有上百則的留言，而且還在增加當中，內容貼了一個新聞網址，是臨近我們學校海邊的溺水事故，死去的也是我們學校的女學生，事發時間卻是兩年半前。

而那個匿名的人則在轉貼這則新聞後寫了一大段的話：

這則新聞前段時間還橫掃了我們高中一陣子，但是學校知情的人都清楚這根本就不是意外，是自殺！或者說是他殺也不為過！

原本已經不想再提起這件事了，不過前陣子得知害死這個女生的日籍學生已經回到這所學校，還有臉皮唸這間擁有自己姊姊「滿滿回憶」的學校真是勇氣可嘉。已經有越來越多以前的同學知道這件事，我不介意讓事情越鬧越大——

我說的就是你，綜高二A日籍轉學生，木下日熀。快點給我滾出這所學校！！！

分享的人數已經逼近百人，大家幾乎都知道我們學校有一個日籍轉學生的事，也有人在討論這件事的真偽，認為這根本是蓄意抹黑。不過也有人注意到溺水死亡的學生姓氏也是木下這件事，公開的放大討論。

一時間，整個討論版熱鬧非凡，大家瘋狂轉發的結果，讓整個謠言無限上綱。

那個匿名的留言者並沒有解釋發生什麼事，只提到是木下日煬害死自己的姊姊，底下就很多我們學校的學生或路人甲開始揣測這對姊弟發生什麼事。

「該不會是亂倫吧？是弟弟愛上姊姊還是姊姊愛上弟弟了？」

「嗚哇，好刺激，果然日籍的學生都比較大膽。」

「所以是姊姊跳海自殺嗎？」

「你們這些人真是唯恐天下不亂，別再亂造謠了好嗎？」

「樓上一定是粉絲護航。怎麼樣？偶像被詆毀了不高興嗎？那叫他解釋啊！」

我看到這裡就把這個視窗給關了，轉而問巫紹堯是從哪裡看到的。

「我們班有人轉貼了。」——巫紹堯於6:44傳來訊息。

我看到他的回覆，內心大喊不妙。一點進去巫紹堯的頁面，很快就發現轉貼這則貼文的人就是胡詩云，她標記巫紹堯跟羅智皓以及現在跟她比較要好的幾個女生。

盯著螢幕看了良久，始終無法回神，直到姊姊洗完澡從我身邊經過進去房間我才拿起電話打給阿煬。

電話響了但他沒有接，最後直接轉入語音信箱。

我不死心又打了好幾次，結果還是一樣。

正當我想要直接再衝到他家找他，忽然收到一則他發給我的簡訊：「我有點累，要先睡了，有事明天說。」

我盯著手機裡的那幾句話，想著自己該不該在這時候打擾他，問他關於網路上謠傳的那些事？如果他也知道這些，我又問他應該很煩人，但是不關心他又不是我的作風——

煩躁的將電腦給關了，丟下手機去洗澡。

隔日，他並沒有像他說的那樣出現在教室裡。我相信一堆人都在等著他出現，因為班上詭譎的氣氛四散，就像被壓縮在壅擠的小空間一樣，所有人都警戒的看著教室門口，活像下一秒就會有活屍衝入教室。

「涵玟，為什麼今天阿焜沒有來學校？妳知道原因嗎？」胡詩云率先打破沉默到我桌邊問我。

我搖頭，「不知道。」

「妳是他女朋友耶，怎麼可能不知道。昨天那件事妳也有耳聞吧？他有跟妳說點什麼嗎？發生這樣的事情是不是應該要解釋一下？」

「是要解釋什麼？」我皺眉，「昨天他很早就睡了，所以我沒有問他。」

「該不會他這幾天心情不好的事情就是因為這些吧？妳身為他女朋友還不知情未免也說不太過去。」她輕哂。

「詩云，好了，憨玟應該是真的不知道，妳就別再問她了。」巫紹堯伸手將她往後拉，她不情願的看了他一眼，連羅智皓也看不下去的將她帶離我的座位。

巫紹堯一臉嚴肅，拍拍我的肩膀以後他就轉回自己的位置準備開始早自習。

班上的低氣壓讓我不想待在教室裡，可我走到哪裡都有人對我指指點點，說我就阿熀的女朋友。我開始慶幸今天他沒來，否則要承受這些未審先判的視線根本活受罪。

我在一樓投販賣機就聽見樓梯間有人還在講這件事，每個開頭都如出一轍，永遠都是用「我聽說」來開啟八卦，無聊到我翻個白眼就想無視。

一整天下來對我的討論內容也不在少數，只是說的都是以前的事情居多，還說我情路坎坷，好不容易交了個男朋友居然是個殺人犯。

其實我挺想要上前去質問她，有什麼證據證明阿熀就是殺人犯？明明人也沒有來學校，卻因為一則謠言就鬧得如此沸騰，我真的不得不佩服他們的想像力。

終於熬過了疲憊的這一天，經過教務處的時候發現阿熀的姊姊站在裡面跟我們班的班導師說話。

「希望老師能理解，他這段時間無法到校上課了。」木下日香朝著班導師彎腰鞠躬。

「我能體諒他現在身體不適，但這種病不能拖延，必須盡快就醫，妳好好跟妳弟弟說。」

她向我們班導師道謝後便離開，看見我在外面等她似乎不意外。

「我剛剛就看到妳在這了，有什麼話想問我，是嗎？」她問。

「阿熀他、怎麼了？」

「妳很擔心吧？」我點點頭，同時間也有幾個還沒離開的學生經過我們，不斷的對我們竊竊私語。她不太開心的說：「我剛好也有些事情想拜託你，但是這裡似乎不方便說這些，不然我們去喝杯飲料吧？」

17

「最近阿焜他好像又生病了。」才剛找了間飲料店落座，木下日香便一臉擔心的對我說。「這幾天忽然又像以前一樣不說話，我真的快被他嚇死了。」

「所以剛剛才跟我們班導師請假嗎？」

「是的，因為以前的經驗告訴我，他現在又忽然這樣絕對是又想起了什麼。但是他又不願意跟我說，我實在……」

「到底是發生什麼事呢？」

「我有些事情想要問妳，可以嗎？」日香姊姊垂著頭，臉上掛著黑眼圈，似乎真的對這件是苦惱已久，「……我很猶豫該不該把這件事情告訴妳，但是情況有點不得已。」

「是什麼事？」我被她這麼嚴肅的表情嚇到了。

「別看我弟平常總是笑的，其實他真的發生事情總是會把自己關起來，連家人也不願意多講一個字。妳和他才認識不久，他居然願意讓妳知道那個名字我很吃驚。」

那個名字……

「其實那算是我們家的醜聞，我想知道……妳了解多少呢？」

「不是，我、我其實知道的不多，我只知道他說那是他最重要的人，其他什麼也不知道。」我看起來有點像在辯解或者推託什麼，而實際上我也確實是抱持著那樣的想法。

看我因為她一個問題嚇成這樣，日香姊姊為了安撫我，勉強揚起微笑：「別緊張，我不是來殺妳滅口的。我相信日光願意讓妳知道，妳一定有讓他信任妳的理由，既然連他這個當事人都可以相信妳了，我又有何不可呢？」

聽到這話我有點心虛，畢竟他是不是信任我我不知道，我們很好，是一種模糊不清、連我自己都說不出哪一點的好，僅此而已。

她深深呼出一口氣，要談論這件事對她來說似乎還有點難度。

「倪晴是我以及日光的姊姊，我大伯父的女兒，也就是我堂姊。雖然不是同一個爸媽生的，但我們從小就一起玩，感情比親姊弟還要親。」她認真且嚴肅的看著我說，「日光前幾年幾乎天天都需要心理醫生輔導，因為他沒辦法走出那段過去。就好像我剛剛說的，當他真的難受的時候，是連親近的家人也靠近不了，想幫忙都不知道該如何下手的封閉自我，所以在走投無路的狀況之下，我們才會求助心理醫生。」

「兩年前，一樣在這個社區，爆出一件學生不小心落海的事件，當時日光還被我父親軟禁在家中所以不知道，但是我知道，而那個不小心失足落海的人，就是我的那位堂姊，木下倪晴。」

我的心臟一跳一跳的，因為我終於聽到那個讓我一直掛懷的名字——木下倪晴。

「他為什麼會被妳父親軟禁？」

像是早就料到我會這麼問，她泰若的回：「因為那時候的他、和我堂姊是一對戀人。我父親知道以後非常生氣，不准姊姊來我家，也不准我弟去找她，所以日光才會被軟禁在家裡……」她說到這裡，目光忽然放冷，「他一直覺得姊姊會死都是他害的，因為他拋棄了姊姊所以姊姊才會跳海自殺，但其實根本不是那樣……如果真的要追究問題的源頭，姊姊……根本就是被我害死的。」

她的眼淚在眼眶裡打轉，看得出她很努力不讓它們滾落，但事與願違。

她只得用很快的速度自一旁抽起衛生紙，整頓好自己的情緒，深呼吸後繼續說。

那是個充滿陽光的午後，通常這個時候，就是木下日熀和木下倪晴最常相處的時間。每到假日的下午，木下倪晴總會來到他們家，以當家教教木下日熀功課為由，和木下日熀待在一個房間內獨處。

原本木下日香也希望能夠一起上課，但是木下倪晴說她的功課沒有什麼問題，勉強打發了她。她其實是覺得奇怪的，因為當時她發現木下日熀的眼神有點空白，像在隱藏些什麼不讓她知道。

他們姊弟倆原本的感情就很好，但是身為堂姊的木下倪晴非常不喜歡她，木下日香以為，這就是木下倪晴拒絕教導她功課的理由，結果沒想到她錯了，木下倪晴之所以拒絕她進那間房間，完全只是自私的想要擁有和木下日熀獨處的時光。

她想要霸佔阿熀的全部時間，出於忌妒，所以她不喜歡木下日熀和木下日香有任何接觸。

他們走到哪都會牽著手，如果不說是姊弟，兩個人相處的氣氛其實說是情侶也不過份。木下日香親眼目睹過好幾次倪晴溫柔摸上弟弟臉頰的時候，但她一直不斷告誡自己別亂想，所以就算看到也會裝作沒看到，別過臉去。

「他們兩個只要有時間幾乎都待在同一個房間內，原本我也不願多想什麼，但是姊姊上了國中以後，這種情況變得越來越多。她天天來我家找日光玩，有時候還要日光陪她一起洗澡。說到這裡，妳先別覺得奇怪，對我們來說，和家人一起洗澡都可以見怪不怪的，所以就算如此，我們家裡的人也還不覺得一起洗澡有什麼。」她解釋，「日光也經常把姊姊的話奉作聖旨，姊姊要他不能和其他女生說話，就算在姊姊看不到的地方他也不會隨便和女生說話，姊姊要他寫卡片給她，他就乖乖的寫，姊姊要他親她，日光也會毫不猶豫的照做。也許就是因為這樣，姊姊對日光的佔有慾，才會一天比一天還要強烈。」

「在某個周末的下午，我偷偷的趴在他們兩個待的房間門外，原本只是想要證實自己想太多，結果卻聽到房內異常的安靜。我按捺不住好奇，偷偷開門，卻看見他們兩個正在接吻的畫面……當時日光也已經是個國中生了，他們接吻的氛圍有著難以言喻的曖昧，我才知道這件事不是我想太多，於是、於是我做了一個最錯的決定……那就是將我看見的這些，通通都告訴我爸媽。」說到這，木下日香難受的一窒，「沒想到，這一切才是災難的開始。」

「妳爸媽反對他們在一起。」我怯怯的說。

「這是必然的結果，不是嗎？」她苦笑，「姊姊是長孫女，我們家是個大家族，如果這件事情不加以阻擋，我爸爸在親戚間就會抬不起頭。於是我爸很快就去問日光真實性，日光也很誠實的招了。他說他喜歡姊姊，也答應姊姊要娶她……我爸不答應，還以為他會激烈的反抗，但日光的反應還算冷靜，我爸好好跟他說事情的嚴重性以後，也明白讓他知道姊姊不可能嫁給他，他還為此哭了好久。」

「那他釐清自己不能和姊姊在一起以後呢？」

「日光的迴避深深的傷害了姊姊，姊姊當然……無法接受。」她眼神落寞的看著自己糾結的手，「她開始用盡一切辦法想跟日光說話，想要說服他和她一起離開我們家，但其實日光自己也慢慢清楚和姊姊是不可能永遠的，所以他拒絕了。配合我爸爸，將他自己鎖在房間內摀住自己的耳朵，不顧姊姊在外頭的哭喊，決心和姊姊暫時斷絕一切。」

「我們都認為這是有必要的，暫時的剝離是個過程，我們都以為在避不見面的強迫冷靜過後，一切就會開始好轉，可是……」

之後的事情似乎也不需要解釋了，那篇報導已經道出了結果。

「日光知道姊姊的事情以後，原本就瀕臨崩潰邊緣的情緒，澈底崩潰了……」

我們之間陷入短暫的沉默，她悶悶的呼出一口氣，閉上眼睛。

短時間內讓她說出這些沉痛的回憶似乎難以負荷，她安靜了幾分鐘以後對我道歉。

我的內心有點難受，「我能怎麼幫妳？」

「我希望妳陪在日光身邊。」

「……陪伴？」

「他因為姊姊的離開受了很大的傷害，幾乎無法相信別人，但是他相信妳。他相信妳這才是最重要的。」

「……我該怎麼做？」

「他現在自己關在房間內已經兩天了，我真的很擔心，我需要妳看看他現在到底在想什麼。他的心理醫師要到下個禮拜才有辦法過來，這之前台灣根本沒有信任的醫師可以託付，我不想把日光隨意交給別人，這就是我今天告訴妳這些的原因。」

我思考了很久，有點不確定自己能接受這個重責大任。

「我……可能需要一點時間好好想想看，畢竟我不能確定阿熀真的能夠信任我。」

「好，如果妳想好了隨時可以來我家找我。希望妳能快點決定。」最後她半帶懇求的說。

我無法回答。

回到家後腦中不能控制的回想今天聽到的內容，雖然在心底也猜測過很多次，但是真的從某個人口中聽到那又是另外一回事。

隔天學校裡又開始傳了新的八卦，說阿熀搞大了女生的肚子又不願意負責，所以女生才會自殺的。謠言總是打鐵趁熱，開始有人用不屑的口氣談論阿熀，說他平日在學校的那段時間看起來很跩，有禮貌都是裝出來的，根本一點也不友善。

「妳都不知道，他最近來學校的那幾次，跟他說話都好像被當成透明人……以前本來還覺得他人很好，現在想想，他根本就是個爛人。」

胡詩云也和她們混在一起，靜靜的在一旁聽著她們說話，沒有插話，但也沒有反駁。

「我看到那個留言的時候本來還想來學校問木下日熀的，結果誰知道他從那天到現在都不肯來學校。」

「那一定是真的啊，那不然他在心虛什麼？如果不是真的應該可以堂堂正正的來學校吧？」

「對啊，怕成這樣根本就是有鬼。」

我聽不下去，用力拍了下桌子，「妳們說夠了沒有？妳們又有多了解他！」

她們被我的激動下了一跳，過了幾秒後又笑了起來。

「唉呦，女朋友生氣了耶？」

「話說她不講話我都以為他們分手了呢！」

「欸，木下日熀現在在幹嘛啊？幹嘛不出來面對？妳知道到底是為什麼嗎，女朋友小姐。」

全部的人又是一陣哄堂大笑。

胡詩云冷冷的看著我，始終沒有多說什麼。

我以為她應該是落井下石最嚴重的那個人，結果她什麼也沒做。

我氣憤地坐回自己的位置，開始為自己的魯莽感到後悔，但我真的非常不高興她們這樣說他，她們又了解什麼？到底憑什麼這樣說！

巫紹堯轉過身看著我，拍拍我的手要給我安慰，我卻下意識的收回了手。

我用手掩著自己的眼睛，試著想要逼自己冷靜。

「日光知道姊姊的事情以後，原本就瀕臨崩潰邊緣的情緒，澈底崩潰了……」

「配合著我爸爸，將他自己鎖在房間內摀住自己的耳朵，不顧姊姊在外頭的哭喊，決心和姊姊暫時斷絕一切。」

「我們都認為這是有必要的，暫時的剝離是個過程，我們都以為在避不見面的強迫冷靜過後，一切就會開始好轉，可是……」

「他現在自己關在房間內已經兩天了，我真的很擔心，我需要妳看看他現在到底在想什麼。」

木下日香的話在我耳邊迴盪，一股難受的絕望爬上心頭。喜歡上自己不該喜歡上的人，家人，最後那個人又因為自己死了，那壓力該有多大我無法想像——

「妳有和阿熀說到話嗎？他現在到底是怎樣？」壓抑了幾天，連巫紹堯都沒辦法裝作不關心這件事了。

「我沒見過他，不過他……好像還需要一點時間想清楚。」

「到底發生什麼事叫他出來講清楚就好了，我們都會站在他旁邊陪他啊。這件事情已經鬧到有老師關切了，聽說還有人在網路上開什麼請願書，要求要把阿熀趕出這間學校。」

我難掩激動，「為什麼要這麼做？」

「可能是看那個過氣的新聞沒什麼影響力吧？總之妳快點叫阿熀出來說清楚，沒事的啦，大家根本就好像無頭蒼蠅一樣，別人說什麼八卦就亂傳，本人出來說的話問題肯定會改善的，到時候就不用躲躲藏藏啦！」

巫紹堯講得也很有道理，但是我就怕問題不是阿熀願不願意說清楚，而是他能不能坦然面對這件事……

18

下午一下課我就抓著書包衝到阿烺家，在他家外面足足等了三十分鐘他姊姊才回來。空蕩的室內，他人不在樓下，就像他姊姊說的，完全把自己關在房間裡不出來。

我經過他姊姊的同意後往樓上走去，樓上是一片安靜，靜到大概連一滴水滴到地面都聽得見。天還沒全黑，在左邊數來的第二間房間底下有黑影晃了過去，我立刻就知道阿烺的房間在哪。朝那個方向靠近，貼在房間門口聽了老半天卻都沒聽到有人活動的聲音。

我悶了，看見木下日香從樓下往上走來，用氣音問我他有沒有回我，我聳肩，因為我連敲門都不敢。

於是她走上來幫我敲門。

木下日香對著房門敲了三下，「日光，你有朋友來找你喔。」

裡頭沒有回應，甚至比剛剛都還要安靜了。

我也跟著敲他房門，弱弱的喂了聲，「我是吳涵玟，你在裡面嗎？可以……讓我進去嗎？」

我才剛這樣說，過沒幾秒鐘的時間房內居然有了動靜。

木下日香不知何時已經下樓了，徒留我一個人還待在這，面對靜悄悄的門板不曉得該怎麼辦。

不一會兒，門開了，木下日煡將門打開一個小縫隙看著我，「來幹嘛？」

我聽到他這麼說忽然有把無名火在我心底燒，「什麼叫做來幹嘛？」接著我也不說一聲，用力的推開他的門闖了進去。

「喂！」他對著我的背影叫著。

「哪有客人來了還讓人家站在外面的道理啊？我就是來找你的。」我走到他書桌旁邊的椅子坐下。他跑來拉住我的手，「那我們可以去客廳啊，快點起來啦。」

「反正都已經這樣了，就讓我坐在這裡嘛！」我掙扎，卻爭不過男生的力氣。

當我被他半扯起身只聽見他用微慍的口氣問我：「是我姊叫妳來的吧？」

我不知道該做何回答，於是抿了抿唇，他卻在這短短的幾秒之間猜出了答案。

「走吧，出去。」

這兩詞一同出現害我不知道此時此刻到底是要跟他一起「走吧」，還是他要趕我「出去」。

「我、我我不出去。」既然搞不清楚是那個，就先否決掉最糟糕的那個吧。

「我是說一起出去。」他看到我這麼急著巴著他的手，皺眉，「不過妳得等我換衣服。」

當我仰起頭看他的同時，對上一雙澄澈的眼睛，豈料他在對上我的視線以後，幾乎才過一秒便火速移開。

「反正先在外頭等我。」

說完，他的房間門又再度在我面前關上。

「喂！沒出來你就死定了！」我回過神，氣得踢了他的門板一下。門內的他安靜了一陣，但我也管不了這麼多，站在這個黑暗的小空間內覺得有點窘，於是我略帶慌張的跑下樓，跑到客廳去等他。

約莫過了五分鐘，他下樓了，穿著一身寬鬆的上衣配著短褲下樓。木下日香看到他的時候臉上是笑的，還對我露出感激的表情，但其實我覺得自己很沒用，從頭到尾根本什麼也沒做，就只是站在他的房間門口，如此而已。

「去哪裡啊？」看他似乎很有目標的樣子走在前面，我忍不住問。

「找個地方，我有話要問妳。」

「問、問什麼？」

「幹嘛害怕？妳該不會做什麼壞事怕我知道吧？」他轉頭朝我露出質疑的臉。

「怎、怎麼可能！」

「妳結巴了。」

瞬間被打回原形的我有點難下台，清了清喉嚨以後我決定不再繼續這個話題。

我原本以為他會找個安靜的地方或飲料店聊，沒想到他就停在路邊，隨意坐在人行道的圍欄，手扶著電線桿就要和我聊了。

「在這？」

「就在這啊，不會有人打擾而且很隱密。」

我看著眼前的車水馬龍忍不住皺眉，「哪裡隱密了啊？」

「我姊都跟妳說了嗎？有關於我的事。」

這話題跳得太快我有點難以反應，但我也不想騙他，所以我點頭了。

「那妳現在來找我是為什麼？問這件事情的真實性？問我是不是真的和我堂姊有不倫嗎？」

面對這麼直白的問題我的心臟狠狠跳了一下，「我不是、我……」

「是沒錯，我曾經愛過我堂姊，也和她在一起過，一直到現在她仍是我在這個世界上最喜歡的人。就好像我一開始跟妳說的那樣，從沒變過。」

他說完冷冷的盯著我，等著我的反應跟回答，但我除了有些彆扭以外其他什麼感覺也沒有。

「那、那很好啊。」

他的臉皺起來，「什麼很好？」

「每個人、本來就有喜歡任何人的權利，現在不是都提倡戀愛平權嗎？反正又不是什麼壞事，為什麼不能呢？我不認為你愛上你堂姊是錯的……」我支吾半天，好不容易擠出這些想幫他說話，沒想到他忽然截斷我的話說：「不是壞事？妳居然說這一切不是壞事！哈，這是壞事啊，我根本不該愛上她卻愛上了，為什麼不是壞事？我害死了她，一直到現在我都還不能原諒我自己，為什麼不是壞事！」

他略帶激動的說，我的心跳越來越快，眼眶周圍有些灼熱的感覺。

「你冷靜一點，我沒有其他意思就只是想要幫你說話而已，而且愛上她不是你的錯啊！」我伸手想要拉住他，他卻在那時將手盤在胸前。

「妳是真的蠢還是假的蠢？在我的世界裡，能夠引起非議的就是錯，打從一開始我也只是在利用妳而已，說什麼要幫妳要救妳那都是假的，我根本沒想要幫妳什麼。」

「……為什麼要突然說這種話？」

「因為這是事實。我打從第一天看到妳只覺得妳和我堂姊很像，不管是難過的表情還是靜靜坐在一個地方的時候。靠近妳也只是這個原因，我從沒想過要忘記她，和妳的相處能短暫的讓我感覺她還在我身邊，僅此而已……」

「你現在先冷靜一點，我不想跟你吵架，我來這裡也不是為了要跟你吵架的。」

「但是我願意和妳出來就只是為了要和妳說清楚。未免妳誤以為我這段時間對妳好是有什麼可能，所以我必需要對妳說清楚。」

聽到他說的這些話，心底深處有個小小的地方似乎裂了道痕，在我自己也不知道的小角落崩塌了幾塊……

我沉默了下來，心臟也因為他說的這些話漸漸趨於平穩，在從平穩轉為絞縮。用力被掐緊以後鬆懈，整個人頓時有些無力。

「欸。」我稍微用了些力氣說。

他看著我沒什麼表情，等著我繼續說下去。

我乾笑，「快點回來學校吧，你知道學校現在已經鬧的不可開交了嗎？大家都在等你回來給個解答，否則這件事情恐怕不會平息……」

「什麼事？」他沉思半晌後開口。

「少裝了，你不就是因為這件事不來學校嗎？」

他看著我，「我不去學校？我不去學校只是為了我自己，才不是因為那些輿論。」

「所以你不知道發生什麼事？」

他聳肩，「我連上網都沒有，怎麼知道？」

我嚥嚥口水，吞吞吐吐的說：「學校裡的人幾乎都知道你有那段過去了……」

他沉默一下後抬頭看著我，「是嗎？那又怎樣？」

「你不想解釋嗎？」

「解釋什麼？這是事實啊。如果他們還想聽的話，明天我會去學校把這件事情認真的跟全班說一遍。我就是和我堂姊在一起過，要怎麼說我都不在意，如果在意或是反抗，那不就表示我排斥和她曾經相愛過嗎？」

我愣在原地。

「反正我不想，再丟下她。」他跳下人行道的圍欄，「好了，我想跟妳說的都說完了，就在這裡散了吧。我們，別再見面了，妳也別再去我家找我，在學校如果可以，連說話也不要。走了。」他說完朝我揮揮手，讓我目送他的背影離開。

19

結果隔天，他就真的像他說的一樣，徹底的把學校給搞得天翻地覆。

班上的同學乃至於學校裡的人，看到他進學校已經議論紛紛，全都湧到我們班來看他。他一來便站上講台說自己已經透過網路看過所有事情了，而且完全不否認這件事就是因他而起，他真的害死了他姊姊。

此話一出，全班譁然，當下立刻就被漫天的問題給淹沒，不顧老師在旁邊的反對，他依然故我的走下講台。

還沒下課就有男學生用不小的音量，帶著笑問：「欸，和自己堂姊在一起是什麼感覺啊？你和你姊有上床嗎？」

他不理，那個男生更加放肆的和旁邊笑鬧，「你到底有沒有和你姊上床啊？姊姊的感覺一定特別不一樣！」

全班沒人笑的出來，只有他周圍的幾個人有的笑、有的要他別再說，卻在下一秒那個男生就立刻被阿煬揣住領子，臉瞬間脹紅。

「你再說一次，我就讓今天成為你的忌日。」他冷冷的說。

巫紹堯原本還呆坐在位置上，看到阿焜遲遲不放手快把那個同學掐死，他著急的站起來拉住他的手。

「好了阿焜，他知道錯了，你放開他吧。」巫紹堯邊說邊想拉下他的手，但怎麼也扯不動，「阿焜，冷靜點，要出人命了！」

他還是不放，那男生開始因為吸不到氧氣掙扎，全班都屏氣凝神的看著這一幕卻沒人敢出聲音，連老師也驚呆了，一時間忘記反應。

我著急了起來，跑到他身邊抓住他的手。

「好了，夠了！阿焜！」

也許是我快急哭的嗓音喚醒了他，他朝我忿忿的看了一眼後終於鬆開了對那個男同學的束縛。哼了一聲，他甩開我的手，頭也不回的走回自己位置。

巫紹堯對他甩開我的手這個舉動不解，不停朝我拋來疑惑的眼神，只是我此刻沒有心情回應他。

過沒多久老師才回神，皺著眉頭要他先到導師辦公室等她，其他同學早自習。

我其實很想跟過去，但是巫紹堯要我乖乖待在教室等他就好。

下一節上課到一半，阿焜回到教室第一件事就是收拾書包，我看到木下日香也站在門外，似乎準備要帶他回家。

我想拉住他的手卻先接收到木下日香的眼神，她搖了搖頭，表示要我不要這麼做。

手舉在半空中，班上的人全看著這一幕不說話，而我只能由著他們離開，自我的視線裡消失。

下了課以後，巫紹堯著急的拖著我到人已經走光的二樓，打開某間沒有上鎖的教室門要我進去。

「妳老實說，為什麼阿焜跟妳最近這麼奇怪，你們是不是發生什麼事？」他面色嚴肅的問。見我許久不回應，還著急的推我肩膀，「到底是怎樣？是妳甩他還是他甩妳，妳倒是說話啊！」

我沉默了半天，最後才說：「說什麼誰甩誰，其實我們根本沒有在一起。從來就沒有在一起過。」

「什麼啊？」

「我跟他在一起只是個幌子，實際上我們根本沒有在一起，只是說好了，要一起忘記一個人……」

巫紹堯皺著臉想了好久，最後用力掰過我的肩膀，「靠，那什麼意思啊？妳該不會是被利用了吧？說什麼要一起忘記一個人，他根本就是要利用妳忘記那個姊姊！」

我掙脫他的手，「不要連你也這樣。你怎麼不問我想要忘記誰？一開口就說我是被他利用了……」

連巫紹堯這種金魚腦都可以一下子領悟出我被利用，怎麼我這個當事人卻在昨天才經由他的嘴知道這件事，還受到不小的驚嚇。

「妳的事情、我還會不知道嗎？妳根本就沒喜歡過誰，更不用說要忘記誰了。」他別過頭，似乎覺得話題扯到這裡有些尷尬。

我看著他慌亂的眼神感到有些疑惑。

「你是真的不知道還是假的不知道？」

無意識將這句話脫口而出，他傻在原地不知所措。

其實我也不想看他這樣，只是比起以前，現在的我似乎更能夠將這段感情說出來，連我自己也很訝異……

這赤裸的問題讓他有些尷尬，「別鬧了，現在還是先說妳跟阿熤的事情要緊啊。妳知道他的那段過去嗎？他有跟妳說過他心底有個忘不了的人，而且那個人還是他堂姊嗎？」

我看著他的眼神，清楚的感覺到他在逃避我。

就好像阿熤說的那樣，他不是不知道我喜歡他，而是因為不想面對我的感情所以……

「他跟我提過那個人。」

他見話題成功轉向，顯然放鬆了些。

「那我問個更嚴重的，妳跟他，有發生什麼親密的關係嗎？」

明白他是什麼意思，換我有些彆扭的別過頭，「你在說什麼啊，幹嘛要問這個？」

「我只是不想看到妳跟恬恬一樣，如果又不小心懷孕的話誰來照顧妳啊？」他的語氣略顯激動。

「在你心裡阿熤是那種人嗎？我們什麼事也沒有。」

「那就好，總之妳自己小心，別以為我說他在利用妳是開玩笑的，這也不是不可能，既然他現在也不甩妳，就乾脆妳也別理他了，省得又惹出什麼麻煩。」他說完打開教室的門，「好了啦，沒事了，我要問的就這些而已，我們回家吧。」

他率先走出教室，掏出手機開始打電話。

「喂，恬恬。嗯，還好嗎？妳在醫院了嗎？」

盯著他打電話的背影，不甘心的泡泡從心底漫出，我不知道哪來的勇氣，快步走到他身邊，大膽的抓過他的手強迫他面對我。

他面露驚恐，似乎對我這突然的舉動感到不適應，但嘴裡還是自若的應答。

「嗯，我下課了，馬上就過去。大概十五分鐘。好，掰掰。」

我們的手還是交握著，他嚥了口唾沫看著我。

「憨玟，妳……」

「我喜歡過你，很喜歡、很喜歡過你……我想要忘記的那個人，就是你。」我緊張的手心狂冒汗，視線緊盯著腳尖，「現在告訴你只是想要有個解脫，想要告訴你、我已經有能力和足夠的信心，把你忘了……這段時間他並不是真的在利用我，他真的給過我很快樂的時光，不用整天神經兮兮想著你的時光，不用整天擔心你跟我漸行漸遠的時光……」

也許我們成功了，我在不知不覺間走了出來，只是我自己都沒有發現。

「他讓我有勇氣能夠把這些話告訴你，而不是整天害怕你離開，抓著你不放。前段時間我很痛苦，真的很痛苦，但是他救了我，沒人發現我的壓力，他發現了，所以……」

救了我。

我蹲到地上去，努力的用雙手揮掉臉上的淚，他則是慌成一團，在接收到我這不像樣的告白以後徹底亂了手腳，不知道該怎麼辦。

如果不是因為現在四周圍沒有人，我應該也無法這麼坦蕩，但是，能夠說出來的感覺太好了，就好像有個宣洩的出口，將心底那攤臭哄哄的惡水排解，就算無法一次清乾淨，至少也舒坦了許多。

「對不起憨玟，我、現在不知道應該說什麼才好，總之……對不起。」

我哭著，死命的哭著，完全不理會他在一旁的道歉，他有些著急。

「妳原諒我好嗎？我現在沒辦法跟妳說清楚，我答應妳，一定會在學期末以前找個時間跟妳說開，我現在有點趕時間，能不能……」

我抹掉臉上仍宣洩不停的淚水強裝鎮定，點點頭。

事情發生的太突然，連我自己都不曉得我剛剛到底做了什麼。

他滿臉的感謝，「謝謝，謝謝妳願意讓我先走，我一定會跟妳說清楚的，我保證！明天見！」

他邊跟我說邊雙手合十的倒退離開，我一直看著他直到他消失在轉角，腳軟得站不起來。

天色漸漸暗了，蹣跚的走回家中才發現裡頭的燈一盞也沒亮。

我本來以為姊姊會在家的，但很顯然她到現在還沒回來，最近她晚回家已經變成日常。

打開房間的燈，我軟軟的倒在床上看著牆角發呆，一想起剛剛巫紹堯那抱歉的神情我好像又更加確定自己之於他，根本就是朋友而已，從以前到現在都是我自己想太多了。

自嘲的笑了笑，將頭埋進棉被裡動也不動，直到缺氧再大大的吸口氣。

「其實也沒有這麼難做到嘛。」我自言自語的說。

雖然我的手還在抖，雖然那莫名的緊張感還是在我心底徘徊不散，但真的沒有這麼難做到。

下意識的伸手抓出手機要打電話給阿焜告訴他這個消息，如果知道我終於跟巫紹堯講開了，他一定比誰都要高興！

結果手機螢幕才剛亮，我又將它丟向一邊，繼續將臉給埋在棉被裡。

「我們，別再見面了，妳也別再去我家找我，在學校如果可以，連說話也不要。」

我忘記了，忘記他要我別再跟他聯絡這件事。

唉聲嘆氣了一會兒，我爬起身走到電腦旁邊打開電腦，打開臉書還是首先跳出巫紹堯的頁面，本來想要先將首頁的畫面換了，卻看到吸引我眼球的一則貼文。

皺著眉頭看著不到幾分鐘前的更新，那個靠北×濟高中的奇怪女人居然又發新貼文了！

我緊張的點進去，發現那個奇怪的人已經更新了三篇，其他都是一些跟風亂傳留言的人，而且還寫得超級誇張。

「我要婊的就是最近很火紅的那個木下什麼日什麼焜！真的不敢相信我跟一個性侵自己姊姊、害自己姊姊憂鬱跳海自殺的人在同一間學校！這種人根本就是敗類，連對自己姊姊都做得出這種事，根本無恥至極！我不想跟那種人在同一間學校啦！」

底下有很多的附和留言，當然也有很多不認同的。

「哪有這麼誇張，一開始那個原po根本沒有說到性侵還有憂鬱這兩個詞好嗎？別亂傳話！」

「回樓上，這些事情今天早上聽說那個日本來的高級轉學生已經承認了喔，他就是這種人，妳喜歡妳可以跟他告白啊，現在應該沒人會跟妳搶。」

「性侵、性騷擾自己的姊姊，如果今天是我弟我也真的不知道該跟誰講。那個姊姊真的辛苦了，有這種廢物弟弟真是可憐，希望下輩子可以幸福快樂。」

「我看過這件事再看這個新聞，為什麼覺得特別想哭？那個姊姊真的好可憐。」

捏緊了滑鼠，心底的怒氣有如火山噴發！

這些人根本什麼也不知道就亂造謠，我迅速的點進回覆的欄位裡打著，「根本就不是你們說的那樣！你們這些人難道都吃飽沒事幹專門說人閒話嗎？有真的理解過嗎？這樣詆毀一個人真的很好玩嗎！」

我打完以後腦袋一片空白，很快就清楚自己如果打了這段話，結果不是被砲轟，再不然就是被忽略，因為我說的這些不是大家想聽的。

最後根本沒辦法解決這件事！

我又看回那個始作俑者的新貼文，心底百般焦急。

她說道：「非常感謝大家為小晴抱不平，我看了真的很感動，也一定會替你們跟她說你們發自內心的心疼。我沒什麼要求，就只是希望那個木下日熀能夠識相一點，快滾！別汙染我們學校，別自以為沒人知道這件事就澈底踐踏小晴！那種沒心沒肺的敗類才是應該消失在海平面上的人。」

底下又是一堆認同留言，數以百則，整個留言板看下來就這幾則貼文最熱鬧，原本三三兩兩的回覆，現在是幾百則近千則留言在跳，如果再不阻止這個女生，阿熀又不否認，那這件事情只會越演越烈！

「嘶——」我忍不住到抽口氣，看著指尖的位置流出鮮紅的血珠我卻無暇顧及。太過焦慮的毛病又犯了，這次卻是為了阿焜……

報警。

警察叔叔一定有辦法找出這個亂說話的人！

從來沒有報過警的我有些慌亂，但隨即丟下書包跑出屋外，我打算去找日香姊姊想辦法。

站在他們家門前猛按電鈴，經過大約兩分鐘後，沒門開，一旁的對講機出了聲音。

「嗯，涵玟……」她的語氣有些遲疑。

「日香姊姊，快幫我開門，我有事要跟妳說！」

「對不起涵玟，我沒辦法為妳開門……我弟前幾天已經嚴正警告過我了，妳也知道我就是……」

「沒關係。」我心急的說，「我來不是因為阿焜的，是我有事情想要跟妳說，很嚴重的事情，所以必需要先跟妳商量。可以麻煩妳先替我開門嗎？」

她又支支吾吾了半天，最後才答應開門。

她的面容憔悴，似乎這幾天也受了阿焜不少的氣。

「什麼事？」她諾諾的問。

「我剛剛上網發現那個匿名的留言者又出現了，而且風向越洗越糟糕，事實卻根本不是這樣！如果再繼續放著不管的話，我怕最後阿焜連在學校都待不下去。」

她聽到我這麼說沒有太大的反應，表情仍然很糾結。

我無視於她的反應，繼續說：「所以我打算要去報警把那個散播不實謠言的人抓起來，這樣才不會讓事情越演越烈！但是這需要妳們的同意，我想應該要當事人也同意這樣才會比較……」

當她聽到我說要報警的時候表情明顯有些吃驚，她面露擔憂不停搖頭，我因為她那搖頭的舉動沒有繼續說下去。

「怎麼了？難道不想把那個犯人揪出來嗎？她這麼過份，一直在網路上中傷阿熀耶！」我氣呼呼的說。

「不是不想，但是……算了吧涵玟。我知道妳是好意，但是……謝謝妳。」

「怎麼了？妳到底怎麼了，為什麼不跟我說！」我有些著急，畢竟我想等一下就直接跟日香姊姊去警察局備案，「是不是阿熀要妳別理我，不想我再管他的事？但是這事關重大，不知道那個人是誰又該怎麼處理這件事？我除了找警察叔叔幫忙其他一點想法也沒有。我答應你們找到那個人以後我就不會再管阿熀的事，就這次，我一定要知道那個人是誰！她真的太可惡了！」

她看著我嘆口氣，「……其實我們知道那個人是誰。」

日香姊姊這話一出，我驚訝的瞪大眼睛。

「是誰？」

她回以沉默。

後面傳來門被關上的聲音，隨著腳步聲越來越近，我看到木下日熀出現在視線範圍內，表情冰冷。

「就是妳姊。」阿熤站在後面雙手環胸的說。「怎麼樣，還想報警嗎？那個在網路上不停中傷我的人就是妳親姊姊，吳涵茨。」

我傻在原地動彈不得，剛剛氣憤的心情在心底散盡。

「還覺得過份嗎？如果報警的話妳姊姊就會出現在警察局，到時候妳想要怎麼跟妳媽解釋？」他走到日香姊姊身邊，冷冷的看著我說：「就叫妳以後別來找我了，怎麼都講不聽？妳真不是普通的笨！」

說完，他碰的一聲在我面前關上門，徒留我一個人仍站在原地不知所措。

我回神，激動的猛敲門，對著門內的他們大叫：「你騙人！我姊為什麼要做這種事！你們是不是誤會了！」

「我沒有騙妳，妳回去求證不就知道了嗎？但就算妳問了也不需要再來跟我們說結果，因為我們沒打算再插手這件事。」

聽到他的回答，我舉在半空中的手又垂了下來。

是吳涵茨，居然是吳涵茨！

我搞不清楚我姊到底想要幹嘛？為什麼要在阿熤背後這麼中傷他。

「妳在這裡幹嘛？」

站在阿熤家門口，我忽然想起幾個禮拜前也在這裡遇見吳涵茨的事，當時就覺得奇怪，為什麼會在這裡遇見她，難道就是因為這件事——

我頭也不回的往我家跑，我要問她為什麼要這麼做，就算網路上那些人不知道這件事，我相信身為木下倪晴好朋友的她不會連事實是什麼都不知道！

回到家裡還是一片陰暗，她沒回來過。

我坐在客廳的沙發上等她，一方面是要求證，另方面是要在她回來的那一刻質問她，不管她會有多生氣我都不會再忍氣吞聲！

幾個小時過去了，她還是沒有要回家的意思。

我還是沒有放棄一直等到半夜，我都快要睡著還是沒見到她，最後我真的受不了才到床上去睡，隔天早上起床她的床位還是空的。

揉揉眼睛看了看時間，已經早上七點半了她還沒回家。

我隨便整理了一下便用最快的速度去學校上課。

到學校的時候我已經遲到了，但是校門口卻沒有像往常一樣有訓導主任站崗抓遲到的人，而且還有點過份安靜了。要不是還有些幹部拿著本子在走廊穿梭，我還以為今天是周末不需要上課。

轉上樓梯要到我們班以前還能聽到吵鬧的交談聲，但當我一出現在教室門口，全班又倏然靜聲通通轉向我。

我雖然察覺到異樣但仍沒有停下腳步。

巫紹堯不敢看我，我經過他身邊的同時他仍低低的垂著頭。

目光掃向阿焜座位時看到他的位置上掛著書包，表示他今天也有來學校上課，但是人卻不在座位上。

全班安靜的視線仍集中在我身上，最後是巫紹堯先沉不住氣，轉頭跟我解釋現在的情況。

「阿熀被叫去訓導處了，聽說又發生一件更誇張的事。」

我沒將視線放在他身上，只是邊整理書包拿出課本邊問，「什麼事？」

「有人寄匿名的信函要求我們班的班導師、訓導主任以及校長，協助警察重新調查兩年前那件案子，說那不是單純的自殺意外，是他殺。而且點名要勒令阿熀退學，否則就要將這件事鬧上新聞，讓學校的名譽掃地。」

他說的這些話一字不差的傳進我耳裡，怒氣一點一滴的上升。

我姊……這件事也是我姊做的嗎？她到底想幹嘛！

我氣到拍桌子站起，抓起手機就要往教室外面衝。

巫紹堯追了上來抓住我的手，「妳要去哪裡？現在先不要去訓導處！」

班上的人對於我們兩個的拉扯開始鼓譟，我愈甩開他的手。

「放手，我不是要去訓導處！」

「那妳要去哪裡？」

他死死的抓住我，彷彿不得到一個回答他不會放開我。

「你不用管，先放開我！」

「妳不說我就不放！」

我們兩個僵持著，誰也不讓誰。

「要嘛你現在就給我一個回答我就不走，否則就放開我。」我看著他冷冷的說。

他一秒就懂我說的意思，恍神之際手一鬆，我跑走了。

我承認這件事對我來說已經不是最重要，我要的只是他放開我。手段是卑鄙了些，因為我知道他很在意，但現在我已經無法控制自己的情緒，非得要找吳涵茨出來問清楚不可！

邊跑邊打她手機，她關機了，於是我又打了通電話給醫生叔叔。

「喂，涵玟嗎？」

「醫生叔叔！」我快急哭了，「我姊呢？她現在人在哪裡！」

「……哦抱歉，妳姊姊她昨天在我那休息，忘記先跟妳說了。」講到這點他顯然有些尷尬，「不過她現在不在我這邊，聽她早上說今天要去學校，和同學約了在圖書館要做報告。」

「圖書館？她現在在他們學校的圖書館嗎？」我再三確認。

「是啊，怎麼了嗎？聽妳的語氣好像很著急的樣子。」

我頓了一下，最後還是選擇先不告訴他，「沒什麼事……只是因為姊姊昨天一整晚沒回家所以有點擔心而已。」

「妳還願意這樣關心妳姊姊我很開心，涵玟，雖然我現在的立場沒資格幫妳姊姊說話，怕妳覺得我偏心誰，但是妳姊姊她其實過得很辛苦。」

我沉默不回應，等公車到站後我很快的上車。

現在的我實在很難想她的立場，我只想搞懂她這麼做的理由。

見我不說話他也有點尷尬，「那麼，就先這樣了。」

「好，叔叔掰掰。」

我認真思索著叔叔有沒有可能知道這件事，但聽他剛剛的語氣很柔和，似乎並不知情。

要到姊姊的學校需要轉兩趟車才會到，但我的情緒一直平復不來，焦躁讓我一直想不通，甚至越想越糾結。

到了他們學校以後我直奔圖書館，之前跟我媽一起去過她學校待過圖書館等她，所以我知道位置。

她就坐在離入口處不遠的地方，身邊沒有人，不曉得是結束了還是剛開始。

我走到她身邊一把抓過她肩膀質問，「是妳嗎？是妳在網路上要抹黑阿熤的嗎！」

她被我突然的舉動嚇到了，但一聽到阿熤的名字眉頭隨即深深皺起。

「妳在說什麼？這裡是圖書館妳不知道嗎？安靜點。」她甩開我的手之後繼續看書。

我被她的態度瞬間激怒。

「妳知不知道妳這樣做是錯的！我不相信妳不知道事情的經過，如果她是妳朋友妳一定多少知道事情不是網路上傳的那樣，但是妳故意放任這件事情不管，就是要把阿熤塑造成十惡不赦的大壞蛋！」

她聽著我的話，重重的丟下手中的書。

「是又怎樣？妳是什麼立場來管我的事？憑妳是那敗類的同學嗎？我告訴妳，這件事還有很多妳不知道的，最好少管閒事！」她朝我怒吼。

周圍已經開始有看好戲的人以及擔心衝突的人出現。

「妳如果要報復，應該要用光明一點的手段，不是那種騙人的招數！」我也衝著她吼。

她注意到圖書館的管理員已經往我們的方向過來關切，抓住我的手腕要把我往外拖。

「妳跟我出來！」

我被她拖著走，一路拖到圖書館外面較安靜的地方她才放手。

「妳現在最好就上網去發篇文澄清，否則事件越演越烈，最後會發生什麼事誰都無法預料！」我還想勸她。

「那又怎樣？我就是要鬧到學校沒辦法無視我，逼他休學！」

「他到底哪裡得罪到妳讓妳需要這麼恨他？」

面對她激烈的情緒，我實在難以想像。

「妳別老是幫妳同學說話，妳又了解他多少？當初如果不是因為他，倪晴會死嗎？她那麼樂觀的人會去自殺？妳現在在這裡跟我說這些才可笑！」她氣得推了我一把，「他一天不離開那間學校我一天不會善罷干休！我連新聞媒體都找好了，學校要是再不處理的話，我一星期內就讓事情見報！」

「他們根本就不應該在一起，本來就應該要迴避那種不正常的愛，他有什麼錯！」

「是嗎？他是這樣跟妳說的嗎？真相又是什麼？」她忽然冷笑，「妳如果知道事情的真相的話、知道倪晴在最後的那幾個月受的是怎麼樣的折磨的話，妳還說得出這種話嗎！」

她朝我前進一步，伸出食指憤怒的推我肩膀。

「我告訴妳，把她搞到裡外不是人的就是妳那好同學木下日熀！他在那時候避不見面，留倪晴一個人面對眾多質疑、鄙視的目光，妳知道被拋下的痛苦嗎！周圍的親戚輪番指責，嘲笑她、嫌棄她，從裡到外把她狠狠批評過一遍，說她是不知羞恥的混帳女人，敗壞門風，丟他們木下家的臉還要把她趕出去！這些妳同學都有一五一十跟妳說嗎？」

我被她推的節節敗退。

「在家人面前被孤立，在學校也因為情緒太過起伏沒人敢靠近，我說什麼她都聽不進去，一心就只想著要聽到那個木下日熀親口跟她解釋，可結果呢？她到死都沒有等到他的一句關心！」

她朝我怒吼，我驚恐的看著她。

「妳知道那種孤立無援的感覺嗎？全心全意信任的小堂弟在最後一刻背叛她，害她得要每天每天對一些根本不關他們事的親戚道歉！明明錯的人不是只有她，木下日熀他們家卻把錯通通都導向她，為的只是要經營權！經營權妳知道吧？」

瞬間湧入的訊息沒辦法整理，我腦子糊成一片。

姊姊的眼底湧上淚水，「道歉到後來她也恍惚了，憂鬱症爆發的時候甚至還被鎖在家裡不准出來，為的只是不想再繼續丟臉，他們家人嫌她丟臉、嫌她噁心！妳懂嗎！而木下日熀他們家呢？悠哉的過他們的小日子，妳說這種人沒有罪嗎！」

她瞇著眼睛扯住我的領子，一字一句慢慢說：「我告訴妳，木下倪晴就是被他害死的，他，罪、無、可、赦！」說完她便鬆手，放我跌在地上轉身就走。

「姊姊！」我朝著她的背影哭喊，但無奈她卻再也聽不進去，直奔出校門。

她所說的話我居然通通不知該反駁，事情演變到了現在，一切都漸漸變得清晰且完整。

「反正我不想，再丟下她。」

他真的是那個丟下她、害死她的人嗎——

「倪晴。我在這個世界上最喜歡的人。」

他說這句話時的笑容我還記得，就好像溫暖的陽光一樣，這樣的他又怎麼會……

姊姊當天晚上還是沒有回家，我卻一個人失眠到天亮。

隔天到學校去的時候很快就被導師叫到辦公室，而阿煬今天則沒有到校。

「妳昨天為什麼翹課？」老師的表情嚴厲。

我支支吾吾說不出所以然，老師什麼話也不說，從抽屜裡抽出一張單子。

「妳在學校的表現一直都普通，但我察覺妳最近除了注意力不集中以外還容易恍神。給我一個合理的理由，我就不把這件事情告訴妳爸媽。」

那張單子上寫著家長通知書幾個大字。

「老師，我昨天是有很重要的事情需要去找我姊姊，因為事發突然，有點緊急所以……」

「所以我問妳什麼事。我不要聽過程，我只要結果。發生什麼事情讓妳可以無故離校不用報告師長！」

平常不太動怒的班導今天似乎特別易怒，她將單子推到我面前。

「如果說不出來就填吧，我會打電話給妳母親跟她約個時間來學校詳談。」她冷漠的轉身收拾桌上的東西不看我。

我眼眶含著淚，被老師突然的態度嚇到了。

老實的彎著腰填那張單子，填完將單子推回給老師。

「好了，妳可以回教室了。」

默默的吸了兩下鼻子，我轉身回教室。

「真不知道你們這些學生最近到底都在搞什麼鬼！」

走沒兩步就聽到班導在我身後碎念，我小心的回頭望了一眼，發現她此刻也正瞪著我嘆氣搖頭。

心裡泛著重重疑惑。我好奇他們昨天談了什麼？為什麼阿焜今天沒來上課等等，一整天都沒有精神好好上課。礙於已經被老師盯上了，我也不敢請病假回家，認份的一路撐到今天結束。

之後的幾天，幾乎一到教室我的視線就是先往阿焜的座位掃，但總是撲空。

他不要我跟他聯絡，我還不死心的傳了幾封訊息給他，只是都沒有得到回應。

姊姊也不回家了，從吵架那天到現在我都還沒看到她。爸爸要下個月才回來，我的頭痛到很不舒服，每天早餐也吃不下，到中餐也吃不多，晚餐要是忘記買更是直接沒吃。巫紹堯一直在閃我，我也不想特意找他說話索性就不說了，到中午時間也幾乎都見不到人。

我趴在桌面上喘息，外面還有大太陽，我卻冷得直冒汗。

「喂！」肩膀被推了一下，我無力的睜開眼睛但還沒抬頭。「妳在幹嘛啊？」那是胡詩云的聲音，我弱弱的答：「我沒事。」

「沒事？」她聲音微揚，手伸過來觸碰我的額頭，「妳在冒冷汗妳知道嗎？」

深吸了一口氣，我轉而面向她，「真的沒事。」

她看到我慘白的臉嚇了一跳，話也不說就推一塊麵包到我面前，「妳這幾天都沒吃午餐，每天來學校臉色都難看成這樣是想要嚇死誰啊？快吃。」

我的意識搖擺在咬一口麵包然後讓胡詩云閉嘴，還是要裝作沒聽到繼續睡。最後我選擇了前者。

因為不舒服的關係讓我的動作有點不耐煩，拆開包裝以後撲鼻而來的奶香味讓我還沒咬下去就直想吐。拿著麵包的手停頓在半空中，我感覺到一股酸楚衝上我的喉嚨！

沒辦法說半句話就直接衝向廁所，沒吃什麼東西，想吐也沒東西可以吐，只能乾嘔。

「妳到底怎麼了啊？」

鏡子倒映出胡詩云皺著眉頭的側臉，她雙手扶在廁所入口的邊上，看樣子似乎是我跑出來她就跟著跑出來了。

「說了我沒事，妳幹嘛這麼關心我？」

想要使力氣罵跑她，但說出口的話卻氣若游絲。

心臟快撞破我的胸腔，腦袋一陣暈眩，儘管努力想要站穩，但天不從人願，世界在我眼前轉了兩圈半，我難受到又想嘔吐的當下忽然被關了燈，周遭的景物通通消失在我眼前。

睜開眼已經下午不知道第幾節課了，我人躺在保健室裡，周圍沒有半個人。旁邊的那張小桌子上放著牛奶跟麵包，其他什麼也沒有。

安靜的好像時間靜止了一樣。

不曉得過了多久，鐘聲響起，我下意識的抓起身上的棉被蒙住自己的頭，試圖想要阻擋，但徒勞無功。

胡詩云在不到幾分鐘的時間跟巫紹堯一起出現在保健室，巫紹堯一坐下就一臉擔心。

「妳是怎樣？我聽詩云說妳昏倒在廁所？到底在幹嘛！」他氣得朝我怒吼，我平靜的別過臉，「沒事。」

「又來了。」胡詩云朝天花板翻了一個不小的白眼。

「把麵包跟牛奶吃掉。快點，我現在要看到妳吃完。」他用不容拒絕的口氣對我說。

要是以前，我大概嚇得馬上抓起麵包就吃，但現在我只是靜靜的看著他，一點感覺也沒有。

「別以為我在跟妳開玩笑，這樣糟蹋自己的身體很好玩嗎？快點吃掉！」

我嘆了口氣，「我吃，但是有個條件。你們可以讓我自己一個人安靜的待在這裡吃完嗎？」

他們面面相覷了好一會兒，最後妥協，「那妳要留著麵包的袋子跟牛奶的罐子給我們看，證明妳有吃完。」

「好。」我說著，當著他們的面就開始拆牛奶包裝喝了一口，表明我要開始吃了，請他們給我空間，胡詩云和巫紹堯這才離去。

牛奶拿在手上一口飲盡，麵包也胡亂塞進嘴裡吞完之後，我將那些包裝通通丟在桌上，閉上眼睛蓋好被子，疲倦的再度沉沉睡去。

再度醒來的時候已經放學了，巫紹堯跟胡詩云拿著我的書包站在我身邊叫我起床。

「下課了，我們回家吧。」巫紹堯溫柔的說。

睡了一覺也吃過東西以後精神明顯好了許多，我起身準備穿鞋子。

「我幫妳。」他立刻就彎下腰要幫我穿鞋，但被我阻止，「不用了，你不需要對我這麼好。」我抓過鞋子套到腳上。

他因為我陌生的語氣收回手。

胡詩云站在一邊，對我三番兩次的拒絕巫紹堯感到意外。

穿好鞋子以後我也不管他們跟上了沒，逕自往門口走去，同時間也能聽到他們竊竊私語的聲音。

巫紹堯和胡詩云走在我身後，似乎真的想陪我回家。

才剛出校門就看到一台熟悉的轎車停在我們學校對面，隨著我越來越近，駕駛座上的人也慢慢搖下車窗。

見我朝著那台車子走去，巫紹堯焦急的上前拉住我的手臂，「妳要去哪裡？妳家不是那個方向。」

「我家人來接我了。」我指了指醫生叔叔的方向。

「誰？他是妳爸嗎？」他放開手。

「不是，是我姊的男朋友。先走了，你們也快點回家吧。」朝他們故作瀟灑的揮手道別後，我跑向叔叔的座車。

「涵玟。」醫生叔叔在車裡溫柔的對我微笑，「上車吧，叔叔帶妳去吃點好吃的。」

20

我們在學校附近裝潢偏可愛的一家義大利麵店用餐，從點完餐後到等餐來的這段期間開始就陷入一陣尷尬的漩渦當中。

「最近功課好嗎？有沒有碰到什麼問題？」

「……沒有。」我搖頭。

「那麼……跟同學的相處上呢？對了，妳上次問我的那個男同學，現在好嗎？」

叔叔這問題實在太笨拙，很明顯他只是在為切主題的話題鋪陳，我在考慮該不該幫他；我應該知道他真正想說的事情是什麼。

「他現在很好，跟他真正喜歡的那個女生相處融洽，也許真的能夠永遠在一起。」

「嗯，那就好。」

我看著桌面悶不吭聲，叔叔嘆了口氣，沉默幾秒後終於問：「妳知道我為什麼會來找妳了吧？」

「……嗯。」我點點頭。

服務生為我們倒白開水送飲料，叔叔出聲向那個服務生道謝後便順口起了頭。

「妳和妳姊姊前幾天是不是吵架了？」

姊姊果然說了。

我點點頭等待叔叔的訓斥。

「其實她一開始什麼都不願意跟我說，但我知道她會這樣哭泣不止只和兩件事情有關。一個是因為妳，另一個就是我先前跟妳說的那個女孩。」我怔怔的看著醫生叔叔，他啞然失笑，「沒想到這次居然兩個一起出現了。」

我很快就懂叔叔的意思，著急想解釋。

「我也不是故意要找姊姊吵架的，我真的急需要找她說清楚，因為……」

「我知道。妳姊姊昨天沒有把所有事情告訴我，只讓我知道你們吵架了，我很了解她的情況，所以必需要解釋給妳聽。」

「……好。」

「就如我先前告訴妳的，她們兩人之前是無話不談的好友，大至逛街吃飯聊天寫功課，小至窩在一起聊天講心事，沒一件事情不一起做，甚至坦誠相見也沒關係。妳會和妳姊姊為了小晴的事情吵架，想必也已經知道小晴自殺的原因了？」

「……對。」

「全都知道了嗎？」

「嗯。」

當看到我點頭的剎那，叔叔看起來有些頭痛。

他靠向椅背深呼吸，最後才又開口說：「我是在昨天才聽妳姊姊說她正在報復那位日焼同學的。很抱歉我沒有及時阻止，這件事對我來說也很衝擊，我一直希望她不要這麼做，但請妳相信我，雖然她告訴妳這件事是妳那位同學、木下日焼造成的，甚至口口聲聲說是他殺了小晴，可其實，她心底真正認定殺了自己好友的人，也是她自己。」

不知道是不是因為這幾天承受的事情太多，才剛開始聽叔叔說完這些話我就眼泛淚光。我實在不允許自己這麼早哭，於是我很快的抹去，勉強擠出一個微笑讓叔叔繼續說下去。

「涵玟，聽的過程記得要保持樂觀。」

「好……」

「妳姊姊她是第一個知道這件事的人，也是見到小晴最後一面的人。」叔叔嚴肅的說：「一開始她只是當小晴在跟她開玩笑，都以模糊的態度面對這件事，畢竟她們是好朋友，但是當小晴開口提到她弟弟的次數越來越多，而且每次一說到他都充滿喜悅的時候，妳姊姊才確認這件事真的不太單純。」

那是喜歡一個人最明顯的態度，喜悅。

「涵茇和她弟弟也見過幾次面，就是妳那位日焼同學。小晴和妳姊真正開始產生矛盾，也是從親眼見過小晴和她弟弟相處以後的事。他們兩個很相愛，這個無庸置疑，但妳姊姊就是覺得小晴已經熱情過頭，所以希望她能夠冷靜一點，別陷得太深，否則未來會很危險。」

我認真的聽著。

「當然小晴不為所動，甚至還因為涵茨多次開口勸她這件事很介意，誤以為妳姊喜歡上她弟弟所以有點忌妒。中間也數不清吵過多少次架了，總之，妳姊最後也妥協，算是睜一隻眼閉隻眼，對他們兩個之間的事情裝作沒看見。但事情不可能沒有見光的一天，我聽涵茨的心理師說，他們之間的事情之所以會曝光，完全是源自於日焜的親姊姊，日香。」

「我知道這件事。」

「好，那麼過程我就不贅述。前面我提到她們不止一次的鬧彆扭，當然小晴和她弟弟被曝光的事情對涵茨來說更是正常不過，於是涵茨便在那次順水推舟的要小晴趁著這件事還沒有嚴重之前趕緊和弟弟切斷關係，拒絕往來。」

「她怎麼可能？」

叔叔點頭，「她當然不可能，所以和妳姊姊吵了最後一架，而涵茨真正在意的也是從這裡開始。她沒有意識到小晴堅持己見後所可能帶來的問題，也很任性的和小晴賭氣，導致最後小晴的憂鬱症爆發，被家人禁止外出以後都沒有機會再和她說一句話。」

「她一直覺得自己是當時最應該站在小晴身邊的人，就算沒辦法幫到忙也可以陪著她歇斯底里、澈底發洩心中的不滿。其他人都可以事不關己，但她不行，結果她卻沒有撐到最後。當小晴的家人到學校替她請假的時候，她有去過小晴家找她，但他們家的人不讓任何人見小晴……」

回想起所有聽過的事，我最不能接受的還是那群所謂的家人！

默默的握緊了手中的餐巾紙，氣憤難忍。

「中間的經過我不清楚，但我知道小晴之所以可以去海邊完全是偷跑出來的。她偷跑出來以後的第一件事，就是去找妳姊姊……」

當叔叔說到這裡的時候氣氛澈底沉了下來，他安靜了好一段時間，我的心跳飛快，彷彿已經可以預先知道後續到底發生什麼事一樣——

「每次要講這段時她都說不出口，那是她最痛的回憶，也是她們最後相處的回憶。」

——最後相處的回憶。

「治療的階段目前也剛到這，那後來的事情我不曉得，妳姊姊還沒能夠從這個部分走出來，所以連心理師都無從得知。從那天開始妳姊姊就會不斷夢到她，但那不是託夢什麼的，而是她發自內心的愧疚。她每次作夢的時候都會崩潰痛哭，經常告訴我，她很想她，想親口跟她說聲對不起。」

我和姊姊在同一個房間，有時候她做惡夢會驚醒，通常都會大聲哭喊或者尖叫，我也被嚇醒過幾次，但她後來都裝作沒這件事繼續睡，我也沒有問過。

「自此後成績一落千丈，對人的耐性也越來越差，我相信妳也很清楚的感受到她變了吧？現在妳知道原因了。她絕對也不願意這樣對妳，在她心底還是愛妳的，只是現在的她還沒辦法走過那段過去。課業壓力還有回憶壓得她喘不過氣，這就是之前我希望妳能包容她的原因，原諒我上次沒辦法跟妳說太多，因為這之間包含了太多太多的問題還沒解開。坦白說，就連這次決定告訴妳也還沒有經過她同意。」他說完低低嘆了口氣。

「那完蛋了，如果被姊姊知道你告訴我，她一定會很生氣。」

叔叔苦笑，「所以別害我，幫我保密好嗎？」

我點點頭。

「涵玟，我主要是想讓妳知道，涵茨在這件事當中也受了很重的傷，她絕對無意這樣傷害妳或者其他人，她只是想要藉此，逃避自己的罪，藉由將罪過通通轉移到另一個人身上，才能短暫的放過自己。妳能理解我的意思嗎？」

「所以姊姊之前會自殺也是因為……」

叔叔凝重的點頭，「所以別相信那天她對妳說的話，小晴離開以後，她最恨的人，其實是她自己，最想殺掉的人也是她自己。」

那次姊姊自殺真的嚇壞我了，我完全無法想像，也不能接受。

「不行，姊姊不能死！這根本不是姊姊的責任！」

叔叔聽到我這麼說，欣慰的一笑，「我就知道妳也是愛著涵茨的。」

我一頓，別過臉，裝沒聽到那讓人不知所措的話。

「雖然涵茨總是看起來對妳漠不關心的樣子，但心底其實是非常重視妳的。這件事是她還無法成功逃過的難關，我們一起幫忙她好嗎？」

我焦慮的用手遮住臉，「我、我覺得我沒辦法。」

叔叔明顯失望了。

「但是我願意試試看。如果姊姊還是不願意接受我的關心，那我就真的沒辦法了。」

「那就好了。」他再度露出欣慰的微笑，「抱歉，話這麼多害這些食物都涼了，我們快開動吧。」

這之後我們的對話就輕鬆了許多，雖然沒有了一開始的緊繃，但我也沒辦法輕鬆到哪裡去。

吃飽飯後叔叔先送我回家，還再三交代我一定要替他保密，然後記得要對姊姊多一點包容和關心。

「說不定她無法對醫生坦承的事就對妳坦承了呢。」叔叔隔著車窗說。

「看不出來叔叔其實挺樂觀的。」

他朗笑，「好了，時間也不早我該回去了，妳姊姊還在醫院等我。」

「醫院？」

「這幾天她的情緒不太穩定，所以又得恢復以前治療的頻率了。」

「……還要麻煩叔叔多多照顧我姊姊了。」

叔叔溫和的點點頭，「應該的，我們一起替她加油吧。先走了，再見。」

「再見。」

我站在巷子口直到他的車尾燈消失為止才進家門。

洗完澡以後我打開電腦，一點開頁面就直接搜尋那個靠北的網站，那上頭還是熱鬧，大家對於這件事的八卦樂此不疲的討論著，把這件醜聞當作近期最佳的消遣娛樂、飯後話題。

往下滑了幾篇貼文，都沒有看到姊姊的更新讓我鬆了口氣。

姊姊今天應該還是不會回家，不知道該慶幸還是擔心。

「我們一起幫忙她好嗎？」

叔叔剛剛說的話言猶在耳，但我卻一點把握都沒有。這幾年她的痛苦把我們拉的太遠，現在我連該怎麼開口跟姊姊說話都不知道，又該怎麼幫忙？

隔天早上校門口一陣騷動，難得訓導主任沒有站在門口監督，從進校門開始學校就開始亂了。

「欸你看，那兩台黑色的車子是誰的啊？」

「有貴賓來吧？誰知道啊。停在這裡是不知道我們學校有停車場嗎？」

「原來我們學校有停車場嗎？那破停車場在哪誰知道啊！」

那兩人說完自顧自的大笑，我卻不曉得笑點在哪。

視線被那兩台黑色轎車吸引，原本沒有想太多，一進教室就發現那吵鬧的程度幾乎可以把學校的屋頂給掀了！

巫紹堯這次連等我到位置都不肯，搶走我的書包丟到旁邊同學的桌上，還不等我問為什麼就抓起我的手往門口走。

「你要幹嘛？」我被他的舉動嚇了一跳。

「妳快點去訓導處！」

「去訓導處要幹嘛？」

「阿焜今天早上要來辦轉學了，辦完手續以後就離開。」

我心跳漏了一拍，「什麼！怎麼這麼突然？」

「哪裡突然？不是早就知道的事嗎？之前就跟妳說過，那個在網路上放話的女人要阿烺休學不准唸我們學校，現在這樣不就只是順著她的意而已嗎？」

要到訓導處的路上到處都擠滿了人，大家都八卦的聚集在這等著看阿烺從訓導處出來的樣子。

「說這什麼話！」一個發音不標準的中年男子大吼，周圍的學生瞬間靜默了下來。

只是這安靜也安靜不了幾秒鐘，不一會兒人潮便又開始往前擠，想要一窺訓導處此刻的情況。

我被擠得很不舒服，巫紹堯也幾乎和前面的人貼在一起，正當我們兩個想要移到人群外圍稍微休息時，後面忽然有人推了我一把，人群像骨牌一樣差點倒成一片。

「借過可以嗎？」後頭有道不悅的聲音大大的吼著，我一轉頭就看到木下日香滿臉不高興的站在後面，要擋在她前面的同學散開。

那些被吼的學生悻悻然的替她開了條通道，日香姊姊像個女王般朝我的方向走來。

我立刻就抓住她的手，「日香姊姊！」

她見到我很是驚訝，「耶？妳怎麼在這裡？」

「我剛剛來學校就聽說他在辦轉學手續，所以……」

她轉向四周看了看，「跟我來。」

巫紹堯放開我的手讓我跟著木下日香離開，而他自己則走回教室。

我們走到旁邊的一處空地，我焦急的抓著她的手問，「為什麼這麼突然就要轉學，是不是因為我姊姊所以才……」

她搖了搖頭，「是因為這件事已經讓我爸知道了。回來台灣以前他們就有過協議，一旦這件事又再度被提起，阿熀就五年內不准再回台灣。」

聽到她這麼說讓我很自責。

「對不起日香姊姊，都怪我，都怪我沒有提早知道那個在幕後操控整件事的就是我姊姊，才會害阿熀……」

「我跟日光都不怪妳，相信我。」她溫柔的說，「今天辦完手續以後，下午日光就會跟我爸搭飛機回日本，他有東西要交給妳，妳可以在中午的時候到活動中心等他一下嗎？」

「我？」

「嗯。」她笑了笑，「我剛剛去妳教室找不到妳，還留了紙條要給妳呢，沒想到就這麼巧，妳人也在訓導處。」

「我一進教室就被拖過來了。」我一臉無奈。

「謝謝妳。」她真摯的說。

「不、我什麼都沒做，根本不值得這句感謝……」

「妳當然有。如果不是妳，日光現在一定還活在過去的黑暗當中。」

「可是我……」

「妳讓他重新找到光的方向，所以我必須謝謝妳。」

「……什麼？」

「之後妳就知道了。」她朝我眨了下眼睛，「時間也不早了，我想他們應該流程都跑得差不多了？我要先回去跟他們會合。記得喔，中午的吃飯時間到學校的活動中心。」

我點頭，「好。」

「嗯，掰掰。」

和木下日香道別以後，我又回到訓導處前面，但眼前已經一個人都沒有了，兩旁還站著糾察隊維持秩序。看來訓導主任應該走出來吼過一圈了，我還是快點回教室為妙。

班導不在教室坐鎮，坐在講台上的是班長，但我一回到教室她們就通通都擠到我面前想要聽最新的八卦。我感覺到頭一陣暈眩，一股噁心的胃酸快衝破喉嚨，但很快被我壓下來。

「到底是怎樣？阿燒真的要轉學了嗎？」

「那他要去哪裡？回去日本嗎？」

「這件事到底是怎樣啊？網路上那麼多謠言八卦，我都快被搞亂了！」

「涵玟，妳知道事情的經過嗎？現在進行到哪了？」

他們妳一言我一語的不斷要逼我說話，胡詩云立刻就跟巫紹堯擠上講台，擋在我面前。

「喂，妳們別這麼八卦好不好？出這種事情妳們想最傷心的會是誰？現在這種時候還只想要問最新消息，妳們真的很糟糕耶！」胡詩云霸氣一吼，所有人的疑問瞬間轉為小聲的碎念。

「是啊，妳們別再為難憨玟了，她現在一定很難過。」巫紹堯嘆了口氣。

最後在他們兩人的通力合作下，我才終於可以走回自己的位置上。

只剩下零星的幾個人擠到我的座位旁邊，一下刻意的關心，一下又不放棄的想要問八卦。

我終於受不了的鬆口，「他確定要回日本了。托那些謠言的福，他不能回來台灣了，這樣的回答你們滿意了嗎？」

故意把話說得重些，好讓這些八卦份子能夠有點愧疚。

聽到我這麼說，她們一臉哀怨的回到自己位置上，我終於獲得片刻的寧靜。

一節課還沒結束，胃部陣陣噁心泛上喉嚨讓我難過的快壓抑不了。巫紹堯坐在我前面，很快就注意到我不舒服這件事，主動舉手跟老師反應要帶我去保健室。

「不用了，我可以自己去。」我趴在桌上很不舒服，巫紹堯顯然不太開心，「妳現在這樣該怎麼自己去？」

「那我陪她去吧。」胡詩云從位置上站起來走到我旁邊，「我可以吧？」

我沒說話，也沒拒絕，只覺得頭痛到不行。

她拉起我的手扶我站起來，我的額頭不停冒冷汗。

到了保健室我自己躺到床上，頓時覺得舒服了一點。

「妳有沒有吃早餐？」見我搖頭她又說：「那我去幫妳買吧。」

「不用……」

「又想說妳沒事嗎？如果妳真的想要沒事的話，最好就別廢話了。」她狠狠的瞪了我一眼，轉身出門去買早餐。

胡詩云出去沒有多久，護士阿姨有進來一下，只是稍微問我怎麼了，看我似乎不需要吃藥跟包紮，沒多久就又不知道去哪了。

我想安靜的躺在床上，腦袋卻沒辦法安靜，非得要逼我一直想著他——

「早就要你別回來，你是要丟我們家的臉到什麼時候！」伴隨著重重的一巴掌，響徹整個安靜的四周。

這句不標準的中文來自於一個中氣十足的中年男子，只不過他們接下來的對話通通不是中文，是日文。

我立刻就知道現在站在外面的人是誰。

學校因為學生增多的關係，所以在我進來唸之前就改建了一間新的大樓，新大樓主要是讓學生上課用的，舊的大樓就改成辦公室跟保健室之類的場所。這裡離訓導處不遠而且也比較隱密，所以他們出現在這我不是很意外，甚至有點驚喜。

我撐著身體起來，想要靠近一點，但是胃馬上就不聽話的抽了一下，害我又重新坐回床上。

他們在外面持續對話了好幾分鐘，除了對不起的日文以外其他我都聽不懂，而那些對不起，通通都是來自於阿熀。

他的語氣滿是敬畏。

我努力冷靜自己，直到胃部沒那麼焦躁以後才躡手躡腳的走到窗邊。

阿熀面對著我，很快就發現我在保健室裡，眸色很快的閃過一抹詫異。

「不准再給我出現在學生面前，丟臉！在這裡待著直到事情結束！」說完，他爸爸朝他重哼了一聲便踏步離去。

我不想等到他爸爸走遠在跑過去，他很快就識破我的意圖，搖頭要我先不要過去。皺著眉頭盯著他父親離開的背影，一直到他消失在轉角我才終於可以跑過去。

「你還好嗎？」

「我很好。倒是妳，妳又怎麼了？怎麼待在保健室？」他柔柔一笑。

沒料到他會給我這樣的笑臉，我臉瞬間就紅了，「只是胃痛。」

「怎麼會突然胃痛？又不吃早餐了嗎。」

他最後的那句可不是疑問句而是肯定句，看來他挺了解我的。

「來學校的時候忘記買了。」我垂頭，本來應該要尷尬的氣氛他卻笑了起來。

「還好有在這裡遇到妳，還好我爸有把我拉來這裡罰站。我中午可能就要直接去搭機，不能去體育館了。」

「為什麼？」

「因為我爸看完匿名者發給學校的郵件以後大發雷霆，不想在這裡多待，馬上就要帶我走。」他無奈的說。

「那他現在去哪裡？」

「他現在要跟校長還有訓導主任去處理一些事情。好像有媒體到學校要採訪，但我爸要我保持沉默，所以把我帶來這裡罰站。」

我想起姊姊前幾天跟我說已經聯絡好媒體這件事。

「……對不起。」

他莞爾，「幹嘛道歉？這又不關妳的事。」

「我想替姊姊跟你道歉……」

「其實她沒有錯，這的確是我的錯，我又怎麼會怪她？」說完，他毫無預警的抓起我的手，上頭仍然殘破不堪讓他忍不住皺眉，「看來這段時間妳也沒少受點罪。和紹堯還沒講開嗎？」

說到這件事我才想到那天發生的事情還沒告訴他，「其實，我已經跟巫紹堯講開了。」

「講開了？」他冷冷的問，「那然後呢，他跟妳說對不起？」

我莞爾，「嗯。你說的沒錯，如果他一開始就是喜歡我，那我根本不需要等這麼久，他早就跟我告白了。我現在已經想開了，一點也不糾結在跟他的感情上，反而能夠更坦率的面對他。」

他沉默的看著我，最後用無所謂的語氣說：「是嗎？妳是真心這麼認為的嗎？」

「講開以後我真的平靜很多，一開始對他的感覺也很神奇的消散大半。應該要早點這麼做的，如果我早點釐清，就不需要痛苦這麼久了。」我苦笑。

「現在明白也還不晚啊，是不是後悔沒有早點聽我的話了？」他笑問。

「少臭美了。」我白眼，他哈哈大笑。我擔心的問：「你真的要五年後才能回來嗎？」

「嗯。怎麼了？是的話，妳要等我嗎？」

「你在說什麼啊……」

「我開玩笑的。」

但他的語氣聽起來似乎不像是開玩笑的——

他柔柔的目光望著我，就好像一開始給我的微笑那樣。我搖搖頭，努力甩掉腦中那不該有的想法。

經過巫紹堯這段感情後的我，已經不允許自己想太多。

旁邊傳來輕咳，我跟他同時轉到那個方向去，發現胡詩云人就站在旁邊。

「不是故意要打擾你們兩個，只是如果我沒看錯的話，你爸應該正在過來的路上，涵玟該回去床上躺好假睡了。」胡詩云雙手環胸的說。

「該走了。」他笑笑的聳肩，從書包裡拿出我們的交換日記，「這就是我要給妳的東西。」

「交換日記？」我瞪眼看著那本再熟悉不過的日記。

「嗯，快點回去保健室躲好吧。」他輕輕推著我，我動手想要翻開日記，他阻止，「現在不准看，回去再看。」

「為什麼？」

他笑而不答。

「別問為什麼了，快點過來！」胡詩云激動的站在保健室門口朝我招手。

「再見。」他用氣音對我說。

我還來不及回應已經先被胡詩云給拖進保健室，還關門鎖上。

我們兩個屏氣凝神的聽著門外，不到三分鐘的時間，一雙皮鞋的聲音由遠而近，那中年男子低沉又中氣十足的要阿焜過去，期間不到幾秒我就衝動的想要開門，但都被胡詩云阻攔，一直到他們的腳步走遠了，快聽不到了，她才讓我開門。

門一開我就往外衝，深怕遲了幾秒我就沒辦法看到阿焜最後一眼。

學校大門口那站了幾個零星的學生，我們班導師也在，校長跟訓導主任則是跟在他們身邊，邊走邊和阿焜的爸爸說著話。

阿焜安靜的走在一邊，拉了拉手上的書包袋子，轉頭和我對到眼，朝我一笑，安靜的揮了揮手。

胡詩云見我傻在那沒反應，於是催促，「快點啊，人家在跟妳說再見了。」

我很快的抬起手跟他道別，他笑了笑，用嘴型對我說了四個字，但我腦袋一片空白，看不出他對我說了什麼。

「什麼？」我朝他一叫，周圍的人包括他爸爸都嚇了一跳，我立刻掩住自己的嘴羞紅了臉。

他臉也紅了，接著在他父親的瞪視下鑽進車內。

在他們發動車子真的要離開的那一刻，我心裡才漸漸感受到不捨的感覺，而且越來越強烈。

訓導主任跟校長站在原地朝他們揮手道別，我往前走了幾步，馬上就紅了眼眶。

「妳也太慢半拍了吧，這時候才哭。」

聽到胡詩云略帶鼻音的語氣，我轉頭看著她，「妳為什麼要哭啊？」

「他也是我同學啊！我相處快一年的同學轉學，為什麼我不能哭啊！」

只是一個很簡單的理由，我們兩個一起哭了。

「可惡，我為什麼偏偏是剛剛耳朵不好，沒聽清楚他說什麼啊！」我氣得想捶死自己。

「如果我沒看錯的話，他應該是要妳別忘記他。」

「別忘記我。」

沒錯，就是這四個字。

「……謝謝妳。」

「回教室吧。」

雖然很不捨，很難過，雖然很不想他離開，但他還是走了。

也許，這樣也好。

回到教室以後，我迫不及待的打開我跟他的交換日記，翻到他應該要更新的那一頁，那上頭果然有滿滿的一整頁的字。

21

嘿，我要轉學了。妳現在能看到我寫的這些，也表示我人已經不在學校了吧？因為我絕對不會讓妳在我面前翻這個的。

其實妳不用跟我道歉，因為妳姊姊說的沒錯，做的也沒錯，這些都是我應該承受的懲罰。

妳不知道吧？其實早在我們從海邊回來那天，妳姊姊就認出我了。

隔了幾天她有來找過我，我們大吵了一架，我有向她解釋過我回來的原因，只是她還是不能接受。我並不怪她，這一切的確就像她講的那樣，我不會再逃避我該負的責任，也不會逃避過去，因為我已經逃過一次了，這次，我絕不允許自己再退出。

原諒我們最後一次見面我對妳說的那些話，其實那只是我真正想法的一半，還是比較不好的一半。一開始我的確把妳當作姊姊來對待，想要對妳好，想要更靠近妳，想要利用妳的難過來讓和姊姊相似的妳待在我身邊。

但是一直到現在，我卻越來越搞不清楚我到底做了什麼。越是和妳靠近，姊姊在我心裡的樣子就越是模糊，隨著日子一天天過去，我發現我已經快想不起姊姊的樣子……

於是我選擇不去學校，不和妳有交集，一看到妳我就覺得難受，我突然好害怕，害怕自己又再度拋下姊姊、離她而去。

所以我還是對我爸妥協，離開了。

別問我，我也不曉得我怎麼了。

整件事發生的過程對妳來說也許很突然，但對我來說則是在意料之內的。

把妳推開的另一個原因，其實也是不希望妳在知道這些事情以後，夾在我和妳姊之間變得裡外不是人。

妳也知道我不擅長說些溫暖人的話，所以，原諒我的魯莽好嗎？

還記得我之前在海邊跟妳說過的話吧？別再為了紹堯傷害自己，給自己在下個十字路口做個更好的選擇吧。不要因為這次的戀愛而卻步，勇敢的給下一個人伸出手的機會這才是最好的。（當然我也會努力做到）

希望下次再看到妳，妳已經整理好妳對紹堯的心情，這樣就會出現下一個看見妳的好的男生握緊妳的手了吧。

最後我想跟妳說，愛一個人，一定要用盡全力讓他知道才不會遺憾。也許現在的我們，還是太懦弱了。這幾天我都在想，如果我當時用盡全力只為了守住她，那是不是我們就不會遺憾了……

廢話有點多了是吧？抱歉。

如果以後的我們還能再見，到時候我們一定要更勇敢去笑去愛，好嗎？

好像也沒什麼好跟妳說的，應該就是這樣了吧。

未來還會見面嗎？說真的我不知道……

妳，還希望再見面嗎？

——木下日煶。

闔上本子，深深嘆了口氣。

巫紹堯轉過來看著我，「他跟妳說了什麼？有沒有寫給我的？」

「沒有。」我說完，他呿了一聲轉回自己的位置。

離學期末結束還有幾個禮拜，學校裡的風波仍是沸沸揚揚，而學校的作法則是張貼公告，禁止學生再談論此事，木下家也澈底搬出我們這區，在學期末的時候貼出售屋的板子。

事情，似乎是真的告一段落了。

學期末結業式前一天，巫紹堯也真的私下找我到體育館說了他的想法。

「我答應過妳，一定會找個時間跟妳說清楚的，所以現在……我要跟妳說清楚了。」

他突然這麼認真，搞得我有點不知所措。

「其實不需要了。」我制止他，「我知道你想說什麼，不需要再重新跟我說一次，就這樣結束吧。」說完，我轉身要走。

「不是，妳先聽我說完。」他拉住我的手，顯得有些緊張，「不完全是妳想的那樣，但也是妳想的那樣沒錯……哀，我到底在說什麼啊？」他輕拍了自己一巴掌。

我轉頭看著他。

「其實，我有喜歡過妳。不是沒考慮過要跟妳在一起……」

「什麼？」

「可是那時候，我是說班上的同學拱著要我們在一起的時候，妳拒絕了，我以為妳不喜歡我所以——」

我臉紅了起來，「那是因為、我們那時候只是好朋友，我怕說了以後彼此會尷尬，我們會做不成朋友，所以我才會……」

「我因為妳這麼說，就真的以為是自己自作多情了，才又追求其他女生的。」他以手摩娑自己腦後，臉紅得不像話。「但是現在都已經過去了，能聽到妳親口解開困擾了我很久的謎團，其實我很高興，而且也終於不用再這樣尷尬的跟妳說話了。」

「那你為什麼不親自來問我？我們那時候多的是私下相處的時間，你問我不就好了嗎？」

「都已經當眾被拒絕了，誰還有臉面私下再問啊……」

聽他這麼說，我原本害羞的心情轉為氣憤，「如果真的喜歡過才不可能那麼草率就放棄呢！」

「我沒有很草率的放棄妳啊，那段時間因為妳，我都沒辦法好好跟其他女生交往，結果每次都看妳一副若無其事的樣子，我最後才死心的好不好！」

「所以、所以你現在是在怪我囉？那好啊，絕交啊！」

他一聽到我決絕的語氣，不甘示弱的皺起眉頭，「絕交就絕交啊，反正學期末了，怕妳啊！」

說完我們一起轉過身背對彼此，我氣憤難平，又忽然覺得自己現在這行為真的很幼稚。才剛這麼想，後面忽然傳來噗哧一聲。

「笑？笑什麼？」我轉頭瞪他。他笑回，「我們，不是出來講開的嗎？」

說到這，我也忍不住笑了。

「幼稚。」我說。

「是妳幼稚。」

我有些尷尬的抓抓脖子，「反正，現在你很幸福，那也就夠了啊！恬恬那麼可愛，而且又溫柔。」

「我們已經說好了，高中畢業，我們滿十八歲的那天就結婚，也已經跟我爸媽還有她爸媽說過了，他們都答應了。」

「哦，這麼快就要結婚了啊？」我點點頭。

「反正只是一張證書，領一領恬恬才會安心啊。本來想說，結婚以後就不要念書了，但是她說什麼都要我唸完大學，真是受不了。」

雖然嘴巴上說的是抱怨，但嘴角卻噙著甜蜜的笑。

「笑得這麼幸福還講這種話，真是不坦率耶。」我看著天空微笑說。

「要妳管。」他不滿的嘟囔。「欸，憨玟。」

「幹嘛？」

「如果，我是說、如果那時候我們真的在一起了，妳想現在會怎樣？」

現在會怎樣？

「嗯？大概你就不會追求恬恬，也不會這麼快就當爸爸，我也不會痛苦這麼久，過得幸福快樂吧？」

「是喔……那、阿熀呢？」

提到這個名字，我沉默了一下。

「我也不知道。」我對著天空嘆口氣，「他帶給我這麼多的麻煩跟回憶，雖然也讓我痛苦過，但我卻從來沒後悔過認識他。甚至還有點慶幸，在我最難過最痛苦的時候，他轉學到我們班。不管他是不是利用我，都拯救了我。」

巫紹堯沒有接話，就這樣安靜的盯著我看。

我的確不後悔認識他，儘管他是帶著這麼黑暗的祕密來到我們學校，甚至是為了利用我而靠近我身邊，我都不後悔認識他。

如果沒有他，也不會有現在解脫的我，不是嗎？

不知過了多久，學校的鐘聲響起，巫紹堯的手機也在這時候響了。學期末的最後一個鐘聲打得特別久，久到蓋過巫紹堯講電話時那既緊張又興奮的聲音，他跑到我身邊來扯著我的手大叫，他說；恬恬生了！

雖然提早了幾個禮拜，但是恬恬生了！

他說完這些話以後非常激動的脫下制服甩在地上，連校門也不想走，直接翻牆跳出校外，離開了。

我本來也想去的，結果卻因為不知道醫院所以作罷，只是傳封簡訊問巫紹堯是在哪裡生產，準備晚上在過去探望恬恬。

忽然想起阿焜在海邊跟我說的那隻小丑魚的故事，又有點想他了。

結束和巫紹堯的事情以後，醫生叔叔打電話給我，說他今天晚上臨時有急診不能陪姊姊去醫院做檢查，但是他又很擔心姊姊的情況，所以要我偷偷站在一邊幫他顧著姊姊。

「這實在不情之請，我會晚點到，在這之前妳先代替我陪著妳姊姊，好嗎？如果有什麼情況就趕快打給我，我會儘量快點過去的。」叔叔懇求。

「……好。」

「那就麻煩妳了，涵玟。」

接著叔叔將姊姊看病的醫院名稱還有地址給我，手抄完這些資料，掛掉電話的那一刻我的心情好緊繃，這是我第一次要陪姊姊去看病。

到達那家精神科醫院，姊姊已經在裡面接受諮詢了，我表明了我是吳涵茨的妹妹，甚至還出示了身分證他們才准我進去。

我被安排在另外一邊，跟姊姊還有那個女醫生僅隔著薄薄的屏風。進去以前就被要求輕聲，而且很奇怪的是她們完全沒有被我打擾，診療還在繼續。

「妳是說她來找妳喝下午茶以及逛街，卻什麼也沒有對妳說，是嗎？」女醫生說。

「嗯。」

「那妳當下的心情是什麼？」

「我很高興。」

「為什麼很高興？」

「因為她終於從那個不自由的家裡出來了。她說她家裡的人已經不會再把她關起來了，而且她的病也好很多，親戚也不再對她冷言冷語，整件事情都過了、落幕了。」

「妳相信她嗎？」

「我相信她，因為她的笑容。」

「那麼後來呢？妳們去逛街，喝了下午茶之後。」

「之後她……」姊姊明顯的大大吸了口氣，看診一度中止，因為她呼吸的頻率越來越快，聽起來像是喘不過氣了。

我焦急的站起來，雙手握拳，想著哪時候衝進去比較好。

醫生馬上出聲安撫她，「妳不要急，慢慢來，如果這次還是說不出來也不要勉強，我們可以下次……」

「不、不用下次。」

醫生沉默了一會兒，最後才說：「好，那妳平復一下以後我們在開始。」

我聽見移動杯子的聲音，姊姊喝了口水以後平復了不少，她將杯子放回桌上，又深吸了幾口氣。

「之後，她說她家裡雖然已經不會再將她關起來，但是縮短了門禁的時間，所以她下午六點以前就要回家。於是到了五點半的時候，她就先送我回家，我們在我家外面的那條巷子口道別。」

「那她有沒有跟妳說什麼？」

「她跟我說……」說著說著，姊姊哭了起來，「她謝謝我，很謝謝我成為她的朋友……」

醫生沉默的任她發洩情緒。

「很謝謝我，沒有在所有人都不理她、笑她的時候，也跟著排擠她。謝謝我當她最好的朋友，謝謝我那天陪她逛街，謝謝我那天讓她笑了那麼多……謝謝我讓她在覺得這個世界拋棄她的時候，讓她知道她不是一個人……」

姊姊忽然大喘氣，非常非常用力的喘氣，醫生非常冷靜的想要張口喚來護士，但我卻已經先受不了衝到屏風的另一頭出現在姊姊面前。

她看到我的時候驚訝極了，瞪著眼睛看我，嘴裡不斷的問，「妳為什麼在這裡！妳為什麼在這裡！」

眼見病人的情緒被打亂，護士也早就已經聽到裡頭的吵雜衝了進來。

「出去！吳涵玟，妳給我離開！張智凱呢？張智凱他人在哪裡！」

原來姊姊她們在我剛剛進來的時候之所以沒有反應，全是因為她們以為進來坐在那個位置的是醫生叔叔。

「叔叔他今天有事會晚一點到，所以、所以他拜託我……」

「我不管！妳不能在這，給我出去！給我出去啊！」姊姊尖叫。

醫生看情況不太對，於是她很快的讓護士帶著我出去了。

之後過沒幾分鐘，醫生從診療室走出來，越過我，不知道要去哪裡。周圍又沒有護士，而姊姊還待在那間診療室中休息，似乎也沒有要出來的意思。

我左看右看，最後還是決定偷偷開門進去，看看姊姊的情況。

一進去就先聽到哭聲，姊姊躺在一張躺椅上哭。

待我走近，她立刻就停止哭泣，大聲質問：「妳到底來這裡做什麼！」

「我、真的是因為叔叔所以才來這裡。」

「那妳現在可以走了，診療已經因為妳結束了，妳在這我沒辦法說。出去吧。」她收起眼淚，一臉冷漠的別過頭。

「妳不要這樣好不好？我是妳妹妹，我也很關心妳的情況，難道妳就真的這麼希望把我推的遠遠的，不讓我關心妳嗎？」

「妳關心我？如果妳關心我，又怎麼會知道事情以後還站在那個敗類那邊！」

「才不是這樣！這幾年間，妳什麼時候讓我知道過妳的事了？哪次不是臭著臉把我推開，哪次願意把妳的心情跟我分享了？」

「讓妳知道又能改變什麼？讓妳知道的話倪晴就會活過來嗎？讓妳知道的話，我就不會愧疚了嗎？如果都不會的話，我又為什麼要告訴妳！」她大吼。

「就算我什麼都做不到，但我可以陪妳啊！」我又朝她往前了幾步，「妳知道妳上次忽然在房間自殺真的嚇壞我了嗎？妳就只知道倪晴死了妳很難過，那我們呢？我差點失去家人就不會難過嗎！」我朝她吼回去。

「妳少在那邊說這些話，我不會相信妳的！」她摀住耳朵。

「我說的都是真的！妳會後悔自己沒有陪在倪晴身邊才釀成憾事，如果妳真的出了什麼事，我也會很後悔自己沒有陪在妳身邊妳知不知道！而且會比妳還要後悔一千倍、一萬倍！」

「妳閉嘴、閉嘴閉嘴！」她尖叫。

我一把抱住她，「我會陪妳一起面對這段往事，我也不想看妳繼續作惡夢、繼續愧疚，讓我們陪妳一起走出來吧，好不好？」

看她哭，我心底關著水閘的小木門不小心鬆動了，一旦真的觸動真心，那門就立馬潰堤。

她哭得越來越激動，不管抹掉幾次眼淚還是會掉下來，「她走了以後，我真的好孤單……我每天都在想，為什麼是她走，我也活得好累，為什麼我還活著？如果我陪著她就好了，如果我能夠在那天的最後察覺她笑容背後的意義，那一切就不會發展成這樣子了！」

她大聲的痛哭，抱著我大聲的哭，我也因為這幾天累積的壓力，瘋狂的陪著她宣洩。我們姊妹倆不知道抱著哭了多久，那位女醫師跟叔叔才走進來。

「還要等到下次嗎？」醫生問。

姊姊抽抽搭搭的搖頭，「這次。」

「那，還是要麻煩這位妹妹同學先出去等了。」醫生轉頭過來對我說。

我唯唯諾諾的點頭，正要出去卻發現自己的手被姊姊拉著。

「她可以留在這。」姊姊別過臉咬著下唇，臉上雖然表現的很不情願，但手還是沒放。

「好，那我們繼續吧。」見我要走到醫生叔叔身邊，這次不是姊姊阻止我，而是醫生，「妳就這樣，讓她抱好我們才能開始。」

我有點尷尬的點頭。

「妳剛剛說，她很感謝妳，那麼感謝完之後呢？」

我感覺姊姊的懷抱收緊了一點，「她、就像現在我抱著涵玟一樣、抱著我。」

醫生眼睛微瞇，「抱著妳，然後跟妳說什麼？」

姊姊的眼神忽然放空，像是沉在一個沒人到得了的世界遊蕩，慢慢的皺起臉，渾身發抖。

「她抱著我，笑著跟我說……這輩子能遇見我、真好。」

「涵汶，這輩子能遇見妳，真好。」

說到這裡，姊姊剛剛好不容易才停下的眼淚，又再度潰堤。她抱著我的懷抱緊得我快喘不過氣，但我還是強忍著不舒服讓她抱著。

「我什麼也沒有為她做過，甚至看著她被她家人關起來也無能為力！她為什麼還要感謝我，還要覺得很開心遇到我！我根本不值得她的感謝啊！」她大聲痛哭，情緒澈底崩盤。

我也被掐的幾度快要昏厥，覺得空氣有些稀薄的時候，醫生叔叔出手救了我。

姊姊的雙手一被扯開，她立刻就像發瘋般大叫！

我驚愕的看著這一幕久久回不了神，但也很快就被帶出那間診療室，因為接下來的過程我跟叔叔就不能參與了。

「我就跟妳說最後也許會是妳讓她解開心結的吧？我就知道妳可以。」醫生叔叔滿是愉快的跟我說。

「這只是誤打誤撞吧。」忽然，我好像察覺到什麼不對勁的地方，「該不會，叔叔是故意叫我來的吧？」

他微微一笑，但不反駁。

「居然真的是！」我激動的叫。

「等等啊，涵玟，妳先別生氣，我們上次不是已經說好要一起幫助妳姊姊了嗎？」

「可是你沒有說要這樣幫啊！」

「如果先說好的話就不會有效果了啊。」

真沒想到醫生叔叔看起來憨厚老實，心機不是普通的重啊——

「我要回去了。」我氣呼呼的說。

「要我送妳嗎？」

「不、用！」我轉頭朝他吐舌，叔叔無奈一笑。

「不留下來和妳姊一起回去嗎？」

我停下腳步，「我是很想，但還是下次好了，她現在應該還會有點尷尬吧？依照我對她的了解……」

天氣微涼，休業式也很順利的進行了。

班上的同學仍然打打鬧鬧的一如往昔，和巫紹堯變得比較不那麼尷尬了，我也終於去找老師要求要將位置換到比較前面一點的事。

巫紹堯還以為我是因為顧忌他所以才要換位置，可其實這是早就存在的問題。

唯一和以前最大的不同也許是胡詩云吧，她現在幾乎每天都會到我的位置聊天，連中餐也一起吃。偶爾不想吃的時候也不行，因為她會親自去買給我吃。

「開什麼玩笑，還想要我看妳昏倒嗎？妳是想要嚇我幾次啊妳！」

每次只要我拒絕，她就會抬出這句話給我，逼得我一定要把那些東西吃進肚子裡去。

姊姊雖然對我的態度已經很平和，不像以前一樣動不動就找我麻煩，但就好像我說的，她見到我反而還會尷尬。我們兩個在家的時候，她總是待在房間，我待在房間她就會在客廳看電視，而且閉口不談那天的事情。

爸媽還是老樣子，媽媽很介意我一直不願意跟姊姊說話這件事，但實際上，我們的溝通只是轉成私底下。姊姊現在只要有空就會傳訊息給我，也會像小時候一樣，叫我有事都必需要跟她說。

我的生活有了很大的轉變，不知道是不是因為那個人離開的關係，整個世界也失去了色彩。

他離開以後我變得好容易想他，平常無聊就能見到面的人忽然消失，心，就也跟著空了一塊。

未來還會見面嗎？

這句話應該換我問你才對吧，阿焜。

你，還希望再見面嗎？

【全文完】

要青春23　PG1812

要有光
FIAT LUX

如果我們都能勇敢

作　　者　申緣結
責任編輯　林昕平
圖文排版　周妤靜
封面設計　楊廣榕

出版策劃　要有光
發 行 人　宋政坤
法律顧問　毛國樑　律師
印製發行　秀威資訊科技股份有限公司
114台北市內湖區瑞光路76巷65號1樓
電話：+886-2-2796-3638　傳真：+886-2-2796-1377
http://www.showwe.com.tw
劃撥帳號　19563868　戶名：秀威資訊科技股份有限公司
讀者服務信箱：service@showwe.com.tw
展售門市　國家書店（松江門市）
104台北市中山區松江路209號1樓
電話：+886-2-2518-0207　傳真：+886-2-2518-0778
網路訂購　秀威網路書店：http://store.showwe.tw
國家網路書店：http://www.govbooks.com.tw

出版日期　2017年12月　BOD一版
定　　價　290元

Printed in Taiwan

國家圖書館出版品預行編目

如果我們都能勇敢 / 申緣結著. -- 一版. -- 臺北
市 : 要有光, 2017.12
面；　公分. -- (要青春 ; 23)
BOD版
ISBN 978-986-95365-6-1(平裝)

857.7　　106021477

讀者回函卡

感謝您購買本書，為提升服務品質，請填妥以下資料，將讀者回函卡直接寄回或傳真本公司，收到您的寶貴意見後，我們會收藏記錄及檢討，謝謝！

如您需要了解本公司最新出版書目、購書優惠或企劃活動，歡迎您上網查詢或下載相關資料：http:// www.showwe.com.tw

您購買的書名：________________________________

出生日期：________年________月________日

學歷：□高中（含）以下　□大專　□研究所（含）以上

職業：□製造業　□金融業　□資訊業　□軍警　□傳播業　□自由業

　　　□服務業　□公務員　□教職　□學生　□家管　□其它______

購書地點：□網路書店　□實體書店　□書展　□郵購　□贈閱　□其他

您從何得知本書的消息？

□網路書店　□實體書店　□網路搜尋　□電子報　□書訊　□雜誌

□傳播媒體　□親友推薦　□網站推薦　□部落格　□其他________

您對本書的評價：（請填代號　1.非常滿意　2.滿意　3.尚可　4.再改進）

封面設計____　版面編排____　內容____　文／譯筆____　價格____

讀完書後您覺得：

□很有收穫　□有收穫　□收穫不多　□沒收穫

對我們的建議：________________________________

____

____

____

請貼
郵票

11466
台北市內湖區瑞光路 76 巷 65 號 1 樓
秀威資訊科技股份有限公司 收
BOD 數位出版事業部

（請沿線對折寄回，謝謝！）

姓　　名：＿＿＿＿＿＿＿＿　年齡：＿＿＿＿　性別：□女　□男

郵遞區號：□□□□□

地　　址：＿＿＿＿＿＿＿＿＿＿＿＿＿＿＿＿

聯絡電話：(日)＿＿＿＿＿＿＿＿(夜)＿＿＿＿＿＿＿＿

E-mail：＿＿＿＿＿＿＿＿＿＿＿＿＿＿＿＿